U0918401

邢留逮文集

诗词卷

邢留逮——著

中国纺织出版社有限公司

内 容 提 要

《邢留逮文集》，分诗词卷与散文卷。作品大多是作者挑灯夜战的成果。细细品读，既有拳拳赤子的家国情怀，又有骨肉至亲的感恩牵挂；既有诗中藏画的自然图景，又有文中蕴理的透彻感悟；既有浪漫夸张的辞致雅赡，又有现实白描的小桥流水。字字句句，情真意切，读来春风化雨，润物无声。

图书在版编目（CIP）数据

邢留逮文集．诗词卷：昨夜星辰昨夜风 / 邢留逮著．-- 北京：中国纺织出版社有限公司，2020.8

ISBN 978-7-5180-7632-1

Ⅰ．①邢… Ⅱ．①邢… Ⅲ．①中国文学—当代文学—作品综合集②诗词—作品集—中国—当代 Ⅳ．① I217.2

中国版本图书馆 CIP 数据核字（2020）第 129661 号

责任编辑：李满意　　责任校对：寇晨晨　　责任印制：王艳丽

中国纺织出版社有限公司出版发行

地址：北京市朝阳区百子湾东里 A407 号楼　邮政编码：100124

销售电话：010—67004422　传真：010—87155801

http: //www.c-textilep. com

中国纺织出版社天猫旗舰店

官方微博 http://weibo.com/2119887771

北京华联印刷有限公司印刷　各地新华书店经销

2020 年 8 月第 1 版第 1 次印刷

开本：710 × 1000　1 / 16　印张：44.25

字数：379 千字　定价：98.00 元（全两卷）

序言
你是我一生最美的相逢

人生就是这样，很多惊艳热烈的相逢，往往如烟花易冷，而很多不经意中的淡然相遇，却能使人情不知所起，一往而深！冥冥之中注定了我会遇到你——中国古诗词。“相逢不语，一朵芙蓉著秋雨。”纳兰笔下，这便是一场美妙缘分的开始。

初见时，还记得那时微风乍起，时光不躁，年少的我怀着崇高的梦，用清纯的双手翻开了你无意间的闯入，懵懂无知的相逢，我内心流淌着未知的喜悦，我捧着你，入脑入心地念着“明月别枝惊鹊，清风半夜鸣蝉”。脑海里不禁勾勒出一幅夜月清风图：漆黑的夜空，天边明月升上树梢，却惊起了栖息在枝头的喜鹊，清凉的夜风中传来阵阵蝉鸣，好似划破天际的流星。因为年少，心里不禁疑惑，是什么样的明月能惊动喜鹊，又是什么样的清风会夹杂着蝉鸣？与你相逢，在我年少的记忆中留下了深深浅浅的烙印，你和我虽没有伯牙子期般知音难觅，却也有藕丝相连般亲密无间，你带我领略大千世界的美，也带我感悟世态炎凉的悲，你与我品味各种各样的人间情谊，远到“青青子衿，悠悠我心”的思念，近到“三军过后尽开颜”的欢喜，在这难忘岁月里与你共感世间的万物。

渴望好奇但又心情万千，你是我年少时最美的相逢。

再见时，我已是“生死中年两不堪，生非容易死非甘”的年龄，在那个月朗星稀的夜晚，我与你再次相遇，你已褪去了曾经的绿鬓朱颜，变得深沉持重，好似东方古典中走来的老者，字字珠玑，娓娓道来那些陈年旧梦，给我谆谆难忘的教诲。我也少了年少时的那份稚真与青涩，无形之中多了几分易安“风住尘香花已尽”的婉约，东坡“我欲乘风归去”的豪放，陶潜“采菊东篱下”的悠闲，还有一段纳兰“骊山语罢清宵半，泪雨霖铃终不怨”的心绪。正所谓“初读不解诗中意，再读已是诗中人”了。

惊喜难忘但又心海澎湃，你是我中年时最美的相逢。

有一种美征服人的眼睛，而有一种美却征服人的心灵；有一种美周期很短，而有一种美持久芬芳。这种美源于满怀书香，源于古诗词，源于腹有诗书年华。

我们这一代，是负重前行的一代人，洗去了身上的泥土味，完成了农村人到城市人的蜕变，也在翻天覆地的时代变化中，不断地打破常规，不断地创造奇迹，也不断地在穷人和富人之间、忙人和闲人之间、高人和俗人之间实现角色转换。不管怎样，正像有人说的，读书可以经历千种人生，不读书只能活一次。尤其阅读古诗词且坚持不懈，可以培养我们淳朴真诚的品质，修炼文质彬彬的气度，陶冶坚毅纯净的心灵。它虽然不能直接给我们带来财富，但至少在我们面对困境，面对迷惘，面对低谷时，有着不同的理解和不同的行动，从而有着不同的未来。

千种人生但又心心相印，你是我一生最美的相逢。

诗词，在世人的感官中，是具有美感的一种艺术载体，文体美、语言美、意境美，而在这本集子里，你或许找不到这种感受，因为她是一颗半甘半涩的青橄榄，有点青春，有点痴狂，有点执着，有点彷徨。昨夜星辰昨夜风，但风雨浇灌的柔韧永远是人生最美的风景。有朝一日，我也鹤发庞眉，当我捧着这本集子回味时，会有自嘲，但绝不会有后悔。

真诚感谢你翻阅这片历史——刻着我们青春的化石。

作者 2020 年 7 月 5 日于家中

目　录

古体诗作

心　梦 / 002
心　畏 / 003
心　宽 / 004
心　愿 / 005
心　语 / 006
心　白 / 007
心　声 / 008
心　态 / 009
心　怀 / 010
心　悟 / 011
慎　友 / 012
慎　微 / 013
慎　言 / 014
慎　欲 / 015
慎　独 / 016
前世缘 / 017
思　乡 / 018
新　岗 / 019
故　乡 / 020
家　和 / 021
爱之切 / 022

德佑平安 / 023
转岗感悟 / 024
崇　德 / 025
四十感怀 / 026
不忘出身 / 027
母子情 / 028
家中老宅前感怀 / 029
五十感怀 / 030
春　邀 / 031
初春感怀 / 032
仲夏感怀 / 033
夏走池塘 / 034
雨日感怀 / 035
五十三岁有感 / 036
秋　悟 / 037
日　子 / 038
自　信 / 039
又过苏州城 / 040
再临杭州城 / 041
秋月登高 / 042
登山又悟 / 043
大　雪 / 044
用善传家 / 045
随　心 / 046
树语叶 / 047
叶语树 / 048
新　年 / 049
履　新 / 050

感慨玉龙湾 / 051
新春送吉祥 / 052
交流偶感 / 053
书　香 / 054
坝上雪景印象 / 055
春　讯 / 056
初春有感 / 057
武烈河之春 / 058
豪情赋 / 059
妻　子 / 060
乡　情 / 061
新年感怀 / 062
不忘初心 / 063
如　是 / 064
学思悟之说修身 / 065
学思悟之说修性 / 066
学思悟之说修心 / 067
学思悟之说世态 / 068
学思悟之说情义 / 069
学思悟之说交友 / 070
学思悟之说淡泊 / 071
学思悟之说处事 / 072
人生感怀之耿介无由 / 073
人生感怀之志高气吞 / 074
人生感怀之心宽人乐 / 075
人生感怀之清风岁月 / 076
人生感怀之守心延岁 / 077
人生感怀之泥不误行 / 078

人生感怀之大彻大悟 / 079
松树的风格 / 080
秋到承德 / 081
旧友忆 / 082
诗　趣 / 083
初冬感怀 / 084
偶　感 / 085
往　事 / 086
无　题 / 087
示儿（一） / 088
示儿（二） / 089
示儿（三） / 090
示儿（四） / 091
示儿（五） / 092
示儿（六） / 093
示儿（七） / 094
示儿（八） / 095
示儿（九） / 096
秋　钓 / 097
秋　恋 / 098
小　草 / 099
梨　花 / 100
听　雨 / 101
牡　丹 / 102
秦皇求仙入海处感怀 / 103
端午感怀 / 104
夏日山中 / 105
父亲节感怀 / 106

月　季 / 107
世味杂感（一） / 108
世味杂感（二） / 109
世味杂感（三） / 110
世味杂感（四） / 111
世味杂感（五） / 112
自嘲（一） / 113
自嘲（二） / 114
自嘲（三） / 115
自嘲（四） / 116
自嘲（五） / 117
自嘲（六） / 118
初　梦 / 119
小　花 / 120
秋　波 / 121
暑　思 / 122
秋　池 / 123
人生即书 / 124
中　秋 / 125
相　思 / 126
菊　韵 / 127
秋到扬州 / 128
秋游桃林口 / 129
感　怀 / 130
叹　秋 / 131
优　雅 / 132
迴　途 / 133
今夜无眠 / 134

秋　寒 / 135
十月登高 / 136
秋　菊 / 137
叶　赞 / 138
霜　降 / 139
秋　夜 / 140
秋　阳 / 141
雪　夜 / 142
怜　叶 / 143
心　悟 / 144
问　柳 / 145
虚实论 / 146
春　风 / 147
春　雷 / 148
春　感 / 149
春　闹 / 150
春　祭 / 151
春　寻 / 152
四月槐 / 153
槐　花 / 154
芍　药 / 155
如　荷 / 156
赏　月 / 157
蝉　歌 / 158
暮　阳 / 159
荷　香 / 160
爽　节 / 161
秋　叹 / 162

缘　分 / 163
思　学 / 164
知　秋 / 165
问　秋 / 166
夜色海 / 167
自由与归心 / 168
秋　荷 / 169
秋　水 / 170
秋　雁 / 171
老　树 / 172
落　叶 / 173
母爱若水 / 174
家　书 / 175
人生如逆旅 / 176
五十感怀 / 177
五十二岁生日感怀 / 178
我有一壶酒 / 179
我有一个梦 / 180
我有一片情 / 181
我有一张琴 / 182
漫步滨海木栈道 / 183
自在赋 / 184
雨夜思 / 185
事在人为 / 186
我说蒲公英 / 187
五十三岁生日感怀 / 188
遥　思 / 189
秋雨后 / 190

山　中 / 191
履新感怀 / 192
大　雪 / 193
知　己 / 194
送友人 / 195
海　边 / 196
暮　秋 / 197
父　亲 / 198
生日感怀 / 199
梦　醒 / 200
思　乡 / 201
归　心 / 202
燕语感 / 203
春　景 / 204
心说人生 / 205
三更雨 / 206
品　竹 / 207
弄字感 / 208
北国秋早 / 209
秋　塘 / 210
秋　悟 / 211
心　静 / 212
桂　花 / 213
心　境 / 214
晓　梦 / 215
径　印 / 216
观　茶 / 217
问　雨 / 218

初　雪 / 219
春　来 / 220
夜　雨 / 221
难得糊涂 / 222
恒　心 / 223

词作

思佳客·书是阶梯 / 226
思佳客·宽容是金 / 227
思佳客·知足常乐 / 228
思佳客·笑对成败 / 229
思佳客·笑对流言 / 230
思佳客·荷塘月色 / 231
思佳客·我之心态 / 232
思佳客·春悟 / 233
思佳客·闲情 / 234
思佳客·终将老 / 235
思佳客·思家 / 236
思佳客·从头再来 / 237
画屏春·秋 / 238
画屏春·再说蒲公英 / 239
画屏春·偶翻男儿幼时照片有感 / 240
画屏春·春盼 / 241
画屏春·大梦无涯 / 242
画屏春·倚窗观雨 / 243
卜算子·咏松 / 244

卜算子・咏梅 / 245
卜算子・咏竹 / 246
卜算子・惜年 / 247
卜算子・咏荷 / 248
卜算子・咏莲 / 249
卜算子・咏兰 / 250
卜算子・惜缘 / 251
卜算子・咏菊 / 252
卜算子・送别向利书记回省工作 / 253
卜算子・北戴河秋感 / 254
卜算子・又登仙螺岛 / 255
卜算子・城市的天使 / 256
卜算子・秋感 / 257
卜算子・拜谒灵隐寺 / 258
卜算子・菊赞 / 259
卜算子・自嘲 / 260
卜算子・独思 / 261
卜算子・三角梅 / 262
卜算子・相望 / 263
卜算子・墨缘 / 264
鹧鸪天・别样人生 / 265
鹧鸪天・惊感 / 266
鹧鸪天・山中偶遇 / 267
鹧鸪天・又回老地方 / 268
鹧鸪天・岁末有感 / 269
鹧鸪天・看淡 / 270
鹧鸪天・春月 / 271
鹧鸪天・闲话手机 / 272

鹧鸪天·遇高考日有感 / 273
鹧鸪天·问岁月 / 274
鹧鸪天·弹琴 / 275
鹧鸪天·醉赏秋光 / 276
鹧鸪天·自嘲 / 277
鹧鸪天·闲登观景楼 / 278
鹧鸪天·心乐 / 279
忆江南·多少悔 / 280
长相思·思君 / 281
长相思·为了谁 / 282
长相思·知己 / 283
长相思·中宵人未休 / 284
浪淘沙·北戴河观日出 / 285
浪淘沙·春日 / 286
浪淘沙·雪 / 287
浪淘沙·壮写人生 / 288
思越人·笑对生活 / 289
思越人·静待花开 / 290
思越人·修行无止 / 291
临江仙·感事 / 292
临江仙·岁月有惑 / 293
临江仙·雪花 / 294
临江仙·年末 / 295
临江仙·清风明月好 / 296
临江仙·夜思 / 297
临江仙·世味煮成茶 / 298
临江仙·春忆 / 299
临江仙·别 / 300

临江仙·闲暇 / 301
喝火令·忆流年 / 302
喝火令·新年感怀 / 303
忆秦峨·新春 / 304
忆秦峨·交流感怀 / 305
满江红·中秋感怀 / 306
满江红·异地交流感怀 / 307
满江红·偶感 / 308
江城子·元旦 / 309
江城子·感慨 / 310
蝶恋花·春远 / 311
水调歌头·人生感悟 / 312
水调歌头·新春上班感怀 / 313
水调歌头·登高 / 314
沁园春·北戴河 / 315
十六字令·莲 / 316
十六字令·琴棋书画 / 317
行香子·感悟 / 318
行香子·往事 / 319
行香子·诗意田园 / 320
行香子·最美的坝上 / 321
行香子·秋颂 / 322
破阵子·四季歌 / 323
采桑子·湿地赏莲荷 / 324
采桑子·望海 / 325
采桑子·冬悟 / 326
采桑子·往事随风 / 327
采桑子·活出自己想要的模样 / 328

南歌子·冬至登山 / 329
浣溪沙·路 / 330
渔家傲·晨思 / 331
鹊桥仙·清明祭父 / 332
天净沙·冬 / 333
西江月·修心 / 334
西江月·暮春 / 335
西江月·秋思 / 336
西江月·秋悟 / 337
西江月·心境 / 338
一剪梅·悟 / 339
一剪梅·思故乡 / 340
阮郎归·初夏感怀 / 341
清平乐·坝上草原 / 342
渔歌子·芦花飞 / 343
如梦令·夏初偶感 / 344
南乡子·路比远方远 / 345

现代诗作

妈妈，你在儿孙眼里最富有 / 348
我的岳母 / 350
可是，你没有 / 352
我的人生独白 / 356
你，可曾知道 / 361
苦　难 / 363
全靠自己 / 364

星　星 / 365
望　月 / 367
雨　中 / 368
爱情的背影 / 369
用自己的行动书写人生 / 370
写给初入职场的人 / 372
如　果 / 374
我的伤口长出的全是翅膀 / 375
中年以后 / 377
落　花 / 380
心的猎物 / 381
趁着我们还不够老 / 382
我收获了满满的快乐 / 384
只有拼出来的美丽 / 385
心上长满白棉花 / 386

后记　常把日子过成诗 / 387

古体诗作

心　梦

1998. 1

常人望远喜登山，
我欲乘风上九天。
御剑疾行三万里，[1]
凌虚眺看五千年。[2]
能呼皓月频回首，
敢叫金星试比肩。[3]
偶问人间名利客，
焉知最美是清欢？[4]

---

①御：就是驾御，控制的意思。

②凌虚：升向高空或高高地在空中。

③金星：太阳系中八大行星之一。

④清欢：清雅恬适之乐。

心　畏[1]

1998.1

人无自律早生悲，
位重权高莫妄为。
淡利泊名驱鬼术，
先忧后乐运相随。[2]
身心日省贪求少，
祸福常思恶念微。
敬畏心存平顺久，
安蜂只绕善花飞。[3]

---

①此时组织安排笔者去抚宁任县长。

②先忧后乐：指范仲淹《岳阳楼记》名句“先天下之忧而忧，后天下之乐而乐。”

③此句意指平安只伴随善良的人。

心　宽

2001.9

登山始觉大胸襟，
踏海才知浩荡音。
牛角尖中无日月，
中堂腹内有乾坤。[①]
金风面对心花放，
不论谁收亦满身。
快乐皆因奢望少，
怡然最是喜宽心。

①中堂：宰相。

心　愿

2010. 5

我自少年即效松，
傲气不与众木同。
能令生命放异彩，
何论位在谷与峰。[①]
大海无盈纳江水，
高山有度抱清风。
愿将真情皆献付，
尽使黎民甜蜜中。[②]

---

①谷与峰：山谷或山峰。

②黎民：庶民，平民。

心　语

2013. 4

人间正味是清欢，
利禄功名俱雾烟。
浮生须臾天地久，[①]
青山几度变黄山。
气清更觉山川近，
意远才知宇宙宽。
不受尘埃丁点秽，
竹篱草舍也心甘。

---

①须臾（xū yú）：一会儿。

心　白[①]

2016. 7

铮铮铁骨自天成，
腹有诗书任纵横。
舞墨抒怀言壮志，
吟歌释意展豪情。
奸言绯语难同路，
挚友良朋易共鸣。
乐享春花秋月曲，
心无乱念梦安宁。[②]

---

①白：表白。

②梦：梦想，理想。

心　声

2016. 10. 5

萧萧落木漫天风，[1]
淡淡烟霞几抹红。
傲骨当书明镜里，
冰心作赋玉壶中。
霜尘未改平生志，[2]
却是秋云不尽同。[3]
愿付诚心谁可解，
苍颜半染自玲珑。[4]

---

①萧萧（xiāo xiāo）：此处指冷落凄凉的样子。

②霜尘：指人生中遇到的坎坷。

③秋云：指异地交流一事。

④苍颜：面容苍老。玲珑：灵活全面。

心　态

2017. 3

寻常我辈自逍遥，
任尔湍流水漫桥。
岂可折腰求斗米，
何堪驻足伴蓬蒿。
青山望眼风流在，
玉带幽怀气节豪。
塞外悠然听细雨，[①]
难如谢客也如陶。[②]

---

①塞外：指履新地。

②谢客：谢灵运，原名公义，字灵运，以字行于世，小名客儿，世称谢客。南北朝时期杰出的诗人、文学家、旅行家。

陶指陶渊明，字元亮，又名潜。东晋末至南朝宋初期的伟大诗人、辞赋家。

心　怀

2017.4

人生过客尽匆匆，
月影阳光各不同。
悟透常常逢柳暗，
释怀往往遇花明。
风和日丽观天阔，
雨布云涛看彩虹。
回首浮名成梦幻，
如今恬淡对苍穹。[①]

①恬淡：不追求名利。

心　悟

2017. 5. 13

眸中素泪晓沧澜，[1]
顶上微尘懂泰山。
站在高峰观逝水，
屈身谷底望雄关。
陈痴早已多参透，[2]
新惑明朝或不添。
笑看红尘千样品，
琴心剑胆沐清泉。

①沧澜：沧意冷冽，澜为波浪，形容冷冽壮阔。

②参透（cān tòu）：彻底领悟，识破，看透。

慎　友

1998. 2

平生所贵在知朋，
远恶亲贤事顺宁。
损益优缺勤善辨，
朱红墨黑慎舍从。①
人无天眼识魔术，
道有金睛驱鬼灵。②
苦旅人生尤苦短，
谁拿侥幸赌前程。

①黑（hè）：黑色。

②道：法则。

慎 微

1998. 2

红尘笑我志稀奇，
我怪红尘被景迷。
细雨湿衣听不见，
尘埃入水看无泥。
休将自己心田昧，[①]
莫把他人过错习。
勿信今生前路远，
谁知半步定凶夷。[②]

---

①田昧（mèi）：隐藏。

②夷（yí）：平安。

慎　言

1998. 2

风流不在话锋强，
袖手无言味更长。
惹事皆因言不慎，
伤人更是语冰凉。
常观硬弩弦先断，[①]
每见钢刀口早亡。
慎语非循圆与润，
真为善美且猖狂。

①弩（nǔ）：一种利用机械力量射箭的弓。

慎 欲

1998. 2

由来世事欲生烦，
淡利泊名气自闲。
腹有诗书千万句，
无暇落笔亦悠然。
江河有响偏行下，
日月无声天上悬。
草庶同根常忆起，[①]
勤廉小吏享平凡。

---

①庶：平民百姓，此处指到什么时候也不要忘了自己的出身。

慎　独

1998. 2

冰逢烈日貌难存，
背角旮旯易染尘。[①]
众目睽睽皆自好，
独居寡处雨翻云。
宁为世上埋名客，
不做江湖浪荡魂。
试把杂心收几缕，
污名半点不沾人。

---

①旮旯（gā lá）：狭窄偏僻的地方，指角落。

前世缘

1984. 3. 8[①]

独居异地梦犹深，

旧曲声声泪染襟。

一缕春阳虽正午，

孤株嫩树不成荫。[②]

今生乍见非初面，

上世积缘是故人。

景色融融难诱我，[③]

伊人浅笑尽含春。

---

①今天是笔者和爱人初次见面的日子。

②孤株嫩树：指自己。

③景色：指春意盎然的景色。

思　乡

1984. 5

春来万物竞光辉，
游子他乡恨不归。
月下心驰思故土，
灯前泪浸念村扉。
天长似梦别时觉，
事大如天孝比微。[①]
地广天高征路远，
孤蓬断自更高飞。

---

①此句意为孝比天大。

新　岗

1984. 10

胸无大志少功成，
逐梦从来伴笃行。[①]
黑发能知勤奋早，
白头不悔旧征程。
人生百载几今日，[②]
不怠朝夕报此情。[③]
莫让浮云遮望眼，
心存大美路安宁。

①笃行（dǔ xíng）：忠实地实行。

②指任团市委副书记。

③怠：懒散、松懈、懈怠。

故　乡

1984. 11

常思故里小河西，
总有衔泥紫燕低。
北斗悬天读闹表，[①]
南宅老树采黄梨。
扬鞭牧子抽霞落，[②]
跪母羔羊扯暮移。[③]
土井葫瓢甜水饮，
芦丛捕蟹看鸭栖。[④]

---

①闹表：指时钟。

②牧子：指牧童、放牧的人。

③扯暮移：指伴随着暮霞回去。

④芦丛：小时候家乡洼地芦苇连片。

家　和[①]

1987.5

人生上善看传承，
祖训能知几世情。
睦善育人才济济，[②]
互尊纳福祉盈盈。[③]
宽严有度齐家道，
孝逆无声铸己名。
历览前贤多少事，
家和更是第一能。

---

①五月二日我们参加了团市委举办的集体婚礼。

②济济（jǐ jǐ）：众多的样子。

③祉（zhǐ）：福也。

爱之切

1989. 1. 5

今朝不与四时同，
子伴龙来送惠宁。[①]
难遇初生灾已去，[②]
德存几世福才迎。
心中自有天上月，
路上尤牵万种情。
试问人间名利客，
可知大胜是传承。

---

①儿子出生在农历一九八八年十一月二十八日辰时（公历 1989 年 1 月 5 日）。

②难（nàn）：儿子出生时难产。

德佑平安

1992.9[①]

人生在世草一秋，
顺逆安危自要谋。
即使功成当有志，
虽然富贵莫贪求。
持家有道儿孙颂，
处事无德日月愁。
善念心存千古训，
平安皓首最风流。

①此时笔者去中央党校中青班学习，成为当时最年轻的学员。

转岗感悟[①]

1993.7

浮生有梦梦不同，
水复山重共进程。
大道通天一路走，
崎岖小径也从容。
豪情自古书奇志，
寂寞从来事碌平。[②]
锦色华章任我写，
谁凭偶尔断输赢。

---

①笔者从中央党校中青班学习一年归来，由团市委书记转任青龙县委副书记。

②事：服侍。

碌平：庸碌平凡。

崇　德

2003.3[①]

凡间百载欲何求，
逐利追名几刻休。
九曲黄河终入海，
珠峰万尺亦知头。
人思巧记夸伶俐，[②]
天自从容定去留。
大美人生诚可贵，
德高倾倒众人眸。[③]

---

①此时市委决定笔者任海港区委书记。

②伶俐（líng lì）：机灵，灵活。

③眸（móu）：眼珠。

四十感怀

2003.9

浮生已过四十年，[①]
半在家乡半客船。[②]
往日如烟思旧岁，
光阴似水忆流年。
一身正气学先圣，
两袖清风效古贤。
几场人生交响曲，
应从不惑路上弹。

---

①浮生：《庄子·刻意》其生若浮，其死若休。指人生。

②一半在家乡，一半在秦皇岛。

不忘出身

2005.4[①]

平民庶子苦出身，
入世常怀济世心。[②]
土炕薄席留剩热，
粗茶淡饭有余温。
春秋不悔滋清露，
日月怀诚镀紫金。[③]
富贵如云非我愿。
功名似土不为亲。

---

①此时省委任命笔者为秦皇岛市委常委。

②济世：救济世人。

③紫金：是一种综合了金、铜、铁、镍等多种元素的合金。

母子情

2008.11[①]

万里江河始有泉，
一生母子几生缘。
茶食不足儿先饱，
布履缺乏母后棉。
大爱开通儿女路，
真情化解手足嫌。[②]
乌鸦反哺羊跪乳，
寸草春晖几世还。[③]

---

①2008年11月16日，素来健康的母亲查出患有脑膜瘤。

②手足：指兄弟。

③还（huán）：偿还。

家中老宅前感怀

2010. 5

老屋卅载又根前，
睹物思情泪雨酣。
笔墨人生白纸写，
清贫岁月草根编。
追风马上追风快，
逐浪船头逐浪欢。
枉有红袍加锦带，[①]
魂牵梦绕是家山。

---

①此句指异地他乡取得成绩时。

五十感怀

2013. 9

我知本命更知尘，[①]
富贵与我似眼云。
五彩人生如再选，
功名岁月不为邻。[②]
男儿只有双行泪，
半对苍生半丽人。
壮志非随年俱老，
天行大道总酬勤。

---

①五十即知天命之年。尘：红尘。

②不为邻：意指远点。

春　邀

2016. 4

春风唤我去游春，
我亦邀春共我吟。
半树桃花诗百句，
一湖碧水酒千樽。
霏霏细雨新思润，[①]
了了陈词旧绪深。[②]
韵律非合应笑我，
浮生事事贵真心。

①霏霏（fēi fēi）：飘洒，飞扬。

②了了（liǎo liǎo）：心里明白，清清楚楚。

初春感怀

2016. 4

初春夜雨晓生寒，
彩色风光入眼前。
翠柳长堤呼嫩绿，
碧水兰舟唤远莲。
林间鸟禽争高树，
岭上花蕾笑野田。
角色担当无愧色，
尊严恪守有尊严。[①]

---

①尊严：尊贵的地位和身份。

仲夏感怀

2016. 7

骄阳似火氧风稀，
万顷蝉鸣共缓急。
木窜青烟熏落鸟，
河掀热浪煮游鱼。
花蔫有色强开口，
叶萎无神只剩皮。
四季如歌皆有憾，①
浮生大智下长棋。

①憾：遗憾。

夏走池塘

2016. 7

荷塘似镜月如钩，
胜景怡然醉眼眸。
鸟鼓声声敲惬意，
蛙鸣阵阵孕绵柔。[①]
常思恬静平湖水，
不恋喧嚣市井楼。
兴起拈来吟几句，[②]
无穷乐趣向诗俦。[③]

---

①绵柔：丰满协调。

②拈来（niān lái）：拿来，拈，用手指捏取东西。

③俦（chóu）：伴侣，朋友。

雨日感怀

2016. 7

狂风骤雨闪雷频，
洗去杂尘景物新。
绿柳飞身悬玉露，
红莲展臂润芳痕。
无情岁月催人老，
有爱时光送福临。
莫憾天昏霞影去，①
明朝依旧抱清晨。②

---

①天昏：形容天色暗淡。

②朝（zhāo）：太阳初升的时候。

此两句意为：不要只看阴雨天气遮住了阳光，雨过天晴，太阳照样升起。

五十三岁有感

2016. 9. 11

知非已过欲何求，[1]
未觉悲怜鬓已秋。
岁月沉浮怀旧梦，
人生起落盼新舟。
一腔热血情难易，
两袖清风笃未休。
半世沧桑惊顿足，
余生仅剩几多酬。

---

①知非：五十岁的代称。《淮南子·原道训》："故蓬泊玉年五十，而有四十九年非。"谓年五十而知前四十九年之过失。后以知非称五十岁。

秋　悟

2016. 9. 28

乱红本是飘零叶，
却被传奇赋作秋。
万木经霜皆好色，
五花入眼尽风流。
天长似岁愁时觉，
事大如天醉亦休。
人近秋时多醒悟，
平安胜赐万户侯。[①]

---

①万户侯：食邑万户以上，号称万户侯，用以泛指高爵显位。

日　子

2016. 11. 21

流年似水快匆匆，
路有悲欢苦笑声。
昨日风景才始见，
今朝雷雨又鸣轰。
辛酸旧事家家煮，
郁闷新愁户户烹。
我劝天下名利客，
一生快乐靠心撑。①

---

①意为关键在心态。

自 信

2016. 11. 17

风云日月自为邻，
未必参僧拜道神。
市井村言藏圣语，[①]
花堂酒肆有高人。[②]
非金可用真金镀，
若是真金不镀金。
得道修身无近远，
拈花亦可获经纶。[③]

---

①市井：古代城邑中集中买卖货物的场所，指街头街市。

②花堂：旧指结婚的礼堂。

③经纶：借指抱负与才干。

又过苏州城

2016. 10. 17

姑苏九月景色殊，
木染花香万种图。
黛瓦白墙归碧水，
清风皓月入陶壶。
缠绵煮酒寻新醉，①
婉转昆腔觅旧途。②
若问江南谁最忆，
寒山寺外胜西湖。③

①指苏州黄酒。

②昆腔：600多年前发源于苏州地区，并从吴中辐射全国，影响海外。

③寒山寺：位于苏州市姑苏区，始建于南朝，占地1.3万平方米。

再临杭州城

2016. 10. 18

之江顺势逛城流，[①]
美景如图尽眼收。
万院飞花怡百姓，
千街掩绿秀高楼。
新城已自新风起，
古郡依然古韵幽。[②]
手把红旗潮首立，
天堂最美是杭州。

---

①之江：指钱塘江，古称浙江。一般浙江富阳段称富春江，下游杭州段称钱塘江。

②此两句指杭州的新城和老区。

秋月登高

2016.11

山高万仞我为峰，
壮志凌云自从容。
笑看层林添景色，
闲观木叶舞西风。
千山锦绣收眼底，
万户忧乐纳心中。
每在登高常自问，
人生境界可同升？[①]

---

①人生境界：历来众说纷纭，笔者独崇王国维在《人间词话》所述三境界：“昨夜西风凋碧树。独上高楼望尽天涯路”，此第一境也；“衣带渐宽终不悔，为伊消得人憔悴”，此第二境也；“众里寻他千百度，蓦然回首，那人却在灯火阑珊处”，此第三境也。

登山又悟

2016. 11

崇山峻岭几千年，
早映朝晖暮伴眠。
谷壑深藏空性药，①
岩间悄掩洗心泉。②
风清可去功名梦，
水澈能消利禄缘。
有意八方观锦岫，③
谁知四季总乏闲。④

---

①空性：指明心见性。

②悄（qiǎo）：寂静无声。

③岫（xiù）：峻岭。

④乏：缺少。

大 雪

2016. 12. 4

飞花漫舞洒纯诚，
大地冰封映净瞳。
玉体轻拂铮柳骨，
香腮浅吻傲梅容。
喧来碧宇千般秀，
隐尽山河万种情。
最爱庭竹晴雪落，
抬头照样与天平。

用善传家

2016. 12. 18

心中祖训眼中亲，
大地春晖寸草心。
宇宙茫茫谁不老，
迢迢岁月有乾坤。
忠临大事观操守，[①]
孝自平时辨伪真。[②]
贵贱轮回天有序，
传家勿忘善为根。

---

①忠：天下至德，莫大乎忠，忠，是人对天地、真理、信仰、职守、国家及他人等都至公无私，始终如一，尽心竭力地负责完成分内义务的美德 。

②孝：《孝经》肯定“孝”是上天所定的规范，“夫孝，天之经也，地之义也，人之行也”，认为“孝悌之至”，就能够通“于神明光于四海，无所不通”，百善孝为先。

随　心

2016. 12. 23

花飞不是我多情，
只把心思对月明。
喜看河边杨柳舞，
常听陌上鸟虫鸣。
青山自是安魂药，
绿水权当减欲灵。
美景随心通透洗，
由其雨雪任其晴。

树语叶①

2016. 12

风吹几叶落清泉，
且任湍流向壑边。
湖海江河难胜地，
亭台阁榭岂如天。
非求涉梦三千里，
只望驰心六百年。
纵是征途多起落，
尤需自我有新篇。

①树对落叶说的话。

叶语树

2016. 12

芳华勿需怨流年，
好报春晖自幸然[①]。
岂恨风霜毋饶过，
应知雨雪不堪怜。
青春昨在枝头俏，
皓月今留梦里圆。
更待来年二月风，
葱葱郁郁胜空前。

---

①春晖：春光、春阳。比喻母爱，养育之恩。

新　年

2017. 1. 1

时光暗转静无声，
驶过年关复始行。
落日何因夸父止，
流川岂愿孔丘停。[①]
佳春去路期重至，
韶岁回程盼再迎。[②]
莫叹芳华留不住，
追时更欲寸心宁。

---

①上句典故出自“夸父追日”，夸父执着于追日，而西落的太阳却没有因为夸父这个上古的大神而有半刻停止；下句典故出自孔子曾在川上曰：“逝者如斯夫，不舍昼夜。”流逝的水也没有因为孔圣人的挽留而有半刻的停止。

②春天去后，明年会有归期；而美好的青春年华一旦流逝，就不会再有回转的可能了。

履 新[1]

2017. 1. 5

今来又复少年狂，
借得冬风舞朔方。
尽把清新留丽影，
尤将厚重写华章。
幽怀偶纵书梅意，
俗梦常敲闻菊香。
白首踏歌三百里，
纤尘不染笑沧桑。

①指新年承德任职。

感慨玉龙湾

2017. 2. 1

风和日丽浪成花，
青男绿女戏碧沙。
浩瀚依依偎海角，
红尘滚滚醉天涯。
一湾澈水瑶池宴，①
九里柔沙锦缎家。②
莫笑今人皆路客，
鱼龙尽舞享繁华。

---

①瑶池：古代传说中昆仑山上的池名，西王母所居。

②锦缎：一种华丽的丝织品，其上有用金银线织成的凸花。

新春送吉祥[①]

2017. 2. 4

新春又启送吉祥，
万里鸡声唱紫阳。
日子填充七彩色，
云霞只占三分光。
无求富贵安且乐，
不计炎凉寿而康。
四季心头春最暖，
家运更伴国运昌。

---

①指当年开春好事连连，正月初八为母亲庆八十大寿，翌日又为岳母庆八十四岁寿诞。

交流偶感

2017. 2. 6

离秦恰在贺岁中，
乱语低吟自懂恭。[①]
远路飞车知好马，
高山下水见真兄。[②]
茫茫人海无常事，
漫漫天缘有定踪。
即使人生多险阻，
心通总会万千通。

---

①恭：服从。

②兄：朋友，弟兄。

书　香

2017.2.7

千书万卷似情人，
苦乐晨昏始觉神。
眼下直抒三千字，
心间不驻半点尘。
源清水澈随时满，
花明柳暗逐日临。
自信书香强百味，
尤知大道总酬勤。

坝上雪景印象[①]

2017. 2. 8

连天雪域势茫茫，
几路崎岖入大荒。
半野珍林知厚土，
一方素裹晓天堂。
邻川已掩风尘色，
远岭申张大脊梁。
坝上无霾红日近，
当时只道是寻常。

---

①初到御道口牧场。

春 讯

2017. 3

轮回应律节随时，
暖到人间草木知。
好雨刚书千卷画，
东风又写万家诗。
新成雅韵飘轻絮，
更有韶光曳重丝。[①]
谁透春君疑远走，
红翻翠卷逗人痴。

---

①韶光（sháo guāng）：美好的时光，常指春光。

初春有感

2017. 3

春风赶雨洗苔尘，
万水千山景怡人。[①]
几首新诗书冷暖，
一杯老酒写遗痕。
人情似纸须增厚，
世事如棋莫弄神。[②]
坐对长空云缱绻，[③]
笑迎大地福同匀。[④]

---

①怡人：让人心旷神怡。

②神：指神化。

③缱绻（qiǎn quǎn）：形容情意缠绵，难舍难分。

④同匀：周遍均匀。

武烈河之春

2017. 4

人言此季最宜诗。
我怨东君越岭迟。[1]
踏岸湿衣萱草露，
穿林抚面杏花枝。
一河碧水出寒俏，
两岸芳樱竞丽姿。
更喜春莺啼雨落，
终期绿柳絮飞时。

---

①东君：指春天。

豪情赋

2017.5.14

从来把酒饮千瓢，
万种豪情扫寂寥。
袅袅炊烟多自在，
茫茫宦海任逍遥。
情歌几曲迎风唱，
纵舞三更向月豪。[①]
不负今生潇洒意，
欢心涌在正春潮。

---

①豪：气魄大，直爽痛快，没有约束。

妻子

2017.5

常思闭月羞花人，[①]
更念仙家赐女神。
凤眼含羞藏絮语，
柳眉漾笑露娇嗔。
千金岂比情缘贵，
万语难书爱意深。
旧日西施人未老，
桃花一朵艳阳春。

---

①结婚三十年突然过起了两地生活。

乡　情

2017. 6

游人愈老愈思乡，
怕讲山高水又长。
尚欠清明一捧土，
多分鸿雁泪千行。
心头柳絮开春雨，
梦里黄花锁秋阳。
远眺炊烟升起处，
一声布谷断肝肠。

新年感怀

2018. 1. 2

星移斗转付云烟，
往事成殇再送年。
释解梅情多旧赋，
追随雪意少新篇。
人如落叶知八九，
友似珍珠得二三。
未晓今夕谁入梦，
尤期月在雾中圆。

不忘初心

2018. 2

光阴默默了无痕，
忆昔当年岁正春。[①]
岭上梅红出异彩，
炉边酒绿兆祥金。
豪情敢化千山雪，
壮志堪当百万军。
烂漫韶光非梦远，
初心不忘对秋深。[②]

---

①正春：正青春年少。

②秋深：指年龄正相当于四季的秋天。

如　是[①]

2019. 7

朝看花开满树红，
暮看花落树从容。
一生细想真如是，
万壑归流大抵同。
溪水逍遥威四海，
孤云闲适笑苍穹。
欣然海角追星汉，
不可床头斗草虫。

①如是：意为如此，这样。事物的本来面目。

学思悟之说修身

2019. 5

平生向善岂无因，
大爱如阳点点金。[①]
得意时光仍济弱，
埋名岁月亦怜贫。
樽前不道轻狂语，[②]
梦里何来诅咒人。
恪守良知行正道，
方能炼得百年身。

---

①大爱如阳：指大爱像太阳一样光明、热烈、珍贵。

②樽前：在酒樽之前。指酒宴上。

学思悟之说修性

2019. 5

巧言令色岂灵聪，
大智如愚得善躬。
自古名微难树对，[①]
从来势大易招风。
霍光跋扈家犹败，[②]
仲达谦卑路自通。[③]
但许朝朝迎旭日，
平安嵌在厚德中。

---

①对：对立面。

②霍光跋扈：指西汉霍光上对皇帝不恭，下得罪众臣，最终落得家族毁灭之下场。

③仲达：即司马懿，晋宣帝，西晋王朝的奠基人。

学思悟之说修心

2019. 5

总道江湖似海深，
为人向善最应钦。[①]
能扶弱势赢贤誉，
不妒高名胜重金。
语气柔和堪置腹，
胸怀坦荡可推心。
天人有誓合和境，[②]
物我无间内外真。[③]

---

①钦：钦佩。

②合和：和谐，和睦。

③物我无间：是清代评论家刘熙载所指出的文艺理论。“物”指客观世界，“我”指诗人的主观世界。他认为两者之间是有同一性的，当两者统一时，就能创作出优秀的诗篇。

学思悟之说世态

2019. 5

身外虚名钓白头，
勾心斗勇几时休。
缚鸡意气诚堪笑，
屠犬高怀竟列侯。
蚁洞生辉槐国梦，
唾津起浪五洋鸥。
营营我我争何事，
过隙风华弹指丢。

学思悟之说情义

2019. 5

山高路远赖朋亲，
意有灵犀最可珍。
偶遇仪人当畅叙，[①]
重逢知己更高吟。
当初若谱相惺曲，[②]
日后何来厌弃心。
沧海横流终悟晓，
情真自古胜千金。

---

①仪：倾心，向往。

②相惺：指性格、志趣、境遇相同的人互相爱护、同情、支持。

学思悟之说交友

2019. 5

自古江湖套路深，
前人警语理应斟。
同兄可吐凄凉事，
是客休投炽热心。
梦异神离非眷侣，
志同道合总知音。
先贤早悟其中道，
几许箴言诵到今。[①]

①箴言（zhēn yán）：规劝的话。

学思悟之说淡泊

2019. 5

浮生恬淡又何妨，
遇事焉须太逞强。
可晓人心多叵测，
应知仕宦本无常。
乐天远贬江州府，[①]
元稹终迁膳部郎。[②]
自古贤达皆寂寞，
玲珑八面敛锋芒。[③]

①乐天：唐朝诗人白居易，字乐天。

②元稹：唐朝大臣、文学家。

③玲珑八面：形容为人处事圆滑，待人接物各方面都能巧妙应对，面面俱到。

学思悟之说处事

2019. 5

人生不过百年春，
遇事焉能太较真。
莫叹樽前人敬主，
休惊院外犬驱宾。
成名素日多交友，
落魄时分少访亲。
古往今来无寸改，
何须净腹用高心。[①]

①净腹：挖空心思。

人生感怀之耿介无由

2019. 9

生涯坎坷梦缤纷，
貌若斯文耿介人。[①]
满腹真诚无马术，[②]
浑身傲骨有牛筋。[③]
功名利禄随风去，
花鸟山川任我吟。
抖落风尘梳岁月，
妻贤子孝共悲欣。

---

①耿介：正值，不同于流俗。

②马术：此处指拍马术。

③牛筋：指脾气倔强。

人生感怀之志高气吞

2019.9

傲骨凌风气惯虹，
声声长啸上瑶空。
飞山越嶂探崎路，
破雾穿云斗昊穷。
丽翅一挥三百丈，
娇姿几复万千重。
与生俱得九霄志，
俯瞰人间共大同。

人生感怀之心宽人乐

2019. 9

岁到中年鬓自霜，
焉将素泪付沧桑。
心平气静谈悲喜，
海阔天空论炎凉。
怨恨烦愁抛身外，
星辰日月驻心乡。
岁月不老英雄志，
笑满山川乐满江。

人生感怀之清风岁月

2019. 9

总梦心怀碧水流，
催生白发恼春秋。
天涯远雁悠悠去，
海角离情渐渐丢。
对月又吟盈热泪，
临窗再看过新舟。
携书漫步山河丽，
满袖清风岁月稠。

人生感怀之守心延岁

2019. 9

亏吃半许本无碍，
退让三分更不妨。
昔日才观杨柳绿，
今朝又见百花黄。
微非不必争人我，
小是何须论短长。
四面随缘延岁月，
安心守分自光芒。

人生感怀之泥不误行

2019. 9

几多往事闪眸盈，
些许泥泞不误程。
大地茫茫山有意，
长天浩浩水留情。
梅花斗雪催初志，
喜鹊鸣窗劝速行。
纵使黑丝霜侵鬓，
铿锵未减步非停。

人生感怀之大彻大悟

2019.9

人生在世似浮尘，
百岁穿梭一抹云。
气漫浊清通三界，[①]
心趋浮彩迷六轮。[②]
时来天地皆同力，
运去英雄不比人。
倘若沧海真覆水，
问君可否做陶邻？[③]

---

①三界：就是无色界、色界、欲界，也就是俗称的天上、地上、地下。

②浮彩：指表面风光。

六轮：指佛教中讲的六道轮回，即天道、阿修罗道、人道、畜生道、地狱道和饿鬼道。

③陶邻：指和陶渊明的一样生活。

松树的风格

2019. 9. 9

今天生日，公历九月九日，农历八月十一，不知多少年，才能遇一回。回首往事，感慨颇多，遂成几句，以表心愿。

青山有我不轻狂，
满地空蒙降翠祥。
壑谷相欢添瑞气，
峰巅乐享伴心昂。
曾尝雪压凌云阁，
惯看风雨起落常。
莫道秋昏无再少，
历寒松柏更张扬。

秋到承德

2019.9

日丽风轻好个秋，
丹青一副醉心头。
庭前寿客开篱下，[①]
陌上红枫染故丘。
旷野斑斓芳未尽，
霞天富美饱人眸。
薄云纤水黄金季，
紫气盈香万事悠。

---

①寿客，菊花的别称。

旧友忆

2019. 10

别来又样在红尘，[1]
往事生香赛酒醇。
身距天涯长做友，
心离咫尺短成邻。
三秋共唱西江月，[2]
万里同吟点绛唇。[3]
已是匆匆霜鬓染，
何时得见旧时人？

---

①又样：不一样。

②西江月为词牌名。

③点绛唇为词牌名。

诗 趣

2019. 10

尽管流年似梦轻，
何妨畅快写风情。
春来岸上寻芳草，
雁去河前赏落英。
不让精神霜下老，
仍将意气笔端生。
拈来几首逍遥曲，
唱与窥窗小月听。①

①窥（kūi）：暗中观察。

初冬感怀

2019. 11

一支瘦笔不曾休，
畅写浮生乐与忧。
万里山川融淡墨，
半壶水酒荡轻舟。
心狂未觉江湖老，
性善仍同岁月流。
不管人间身外事，
陶然洗盏享春秋。[①]

---

①陶然：指喜悦、快乐貌。
洗盏：指饮酒。

偶　感

2019. 11

曾经也做少年郎，
转瞬青丝变白霜。
半世年轮心渐瘦，[①]
八千憧憬路未央。[②]
不因旧念添新病，[③]
更把新愁疗旧伤。
最是亲情千万缕，
悠悠岁月任沧桑。[④]

---

①心：想法，瘦：少。指到了一定年龄想法渐少。

②八千憧憬：过去的梦想。

路未央，路没有停止。

③念：想法。

④沧桑：变化。指不管怎么变化，都经得住考验。

往　事

2019. 11

半是繁华半是霜，
酸甜苦辣素心装。
朝随晓月五更碌，
暮与残灯三鼓忙。[①]
犹记故园一路雨，[②]
也曾客地几辉煌。[③]
人生坎坷多悲喜，
天道酬勤梦不长。[④]

---

①三鼓：半夜三更的时候。

②一路雨：指幼时坎坷。

③几辉煌：指参加工作以后取得的成绩。

④梦不长：指实现。

无　题

2019. 11

秉性生来意气豪，
心轻万事若鸿毛。
几声啸咏惊天地，
一叶孤舟破浪潮。
沧海沉浮凭慧渡，
迴途跋涉认知桥。[①]
管它窗外晴还雨，
我自春风不寂寥。

---

①知：聪明。

示儿（一）

2007.7

弃选京华赴南洋，①
志存高远心平常。
登峰造极须明日，
而今只做嗜书郎。②

---

①男儿2007年参加高考，总分超过北大清华录取线，他却报考了港科大。当时正值港校热，港科大被称为“亚洲一哥”。

②嗜（shì）：特别爱好。

示儿（二）

2012. 9

港校初成又美洲，[①]
家国术业须兼修。[②]
中西合璧当我用，[③]
不让飘零乱了秋。[④]

---

①男儿在取得了港科大工学院计算机科学学士、硕士学位后又去了美国读书。

②家国：指家国情怀。

③中西合璧：比喻中国的和外国的好东西合到一块。

④飘零：漂泊流落，指留学。

示儿（三）

2014. 2

莫道他乡是故居，[①]
长留客地不足习。
生来九宇垂金线，[②]
只钓蛟龙不钓鱼。

---

①小儿一男在美国学业结束后想留在美国工作。

②九宇：指高空。

示儿（四）

2014. 6

品若冬梅香在骨，[①]
人如涧水善为身。[②]
诫儿勿做多情客，[③]
只把初心化铁心。[④]

---

①品质要像冬梅一样。

②要以善立身。

③多情：指志向不专一、不长久。

④铁心：决心坚定，指坚定到底。

示儿（五）

2014. 10[①]

点亮梢头共鸟吟，[②]
花香满眼遍地金。
浮生不作萧条色，[③]
唯有阳光在我心。

---

①此时男儿从美国归来，在香港特别行政区工作。

②点亮：指阳光。

③萧条：指寂寥冷清的样子。

示儿（六）

2014. 10

知山乐水多豪趣，[①]
啸月吟风少匠心。[②]
早把韶华分秒看，
青春热血可熔金。

---

①豪趣：广泛的兴趣。

②啸月吟风：形容空虚无聊的东西。

示儿（七）

2016. 10

一寸光阴一寸金，
千金不抵寸青春。①
男儿有志须尽早，
莫使苍颜空对樽。②

---

①不抵：不及，比不上。

②苍颜：苍老的面容。

樽：盛酒的器具。

示儿（八）

2018. 6

世事无常路不平，
一时风雨一时晴。
成败本是寻常事，
莫拿一事断输赢。

示儿（九）

2019. 1[①]

好子三十虎出林，[②]
群山笑傲纵风云。
神威唤醒英雄梦，
不负苍天不负人。[③]

---

①男儿今年三十岁。

②好子：优秀男儿。

③不负：不辜负。

秋　钓

2015. 9

雁掠西山破暮烟，
风流野岸绕秋弦。[①]
抛竿远掷繁华久，
你钓鱼虾我钓闲。

---

①秋弦（qiū xián）：秋天琴弦发出的音符。

秋 恋

2015.9

又见枯荷落雨声，
晴川一夜万千红。
谁人盗来春三月，
曼妙秋风醉几重。[①]

①曼妙：柔美。

小　草

2016. 3. 27

野外荒郊可寄身，
团团簇簇绿茵茵。[①]
不期幻做参天梦，
只送人间一片春。

①簇簇（cù cù）：从集貌。

梨 花

2016. 4

如梅似雪缀山前，
淡雅素装性本然。
我和春风歌一曲，[1]
清香伴我醉流连。[2]

---

①和（hè）：唱和。

②流连：依恋而舍不得离去。

听　雨[1]

2016. 4

洗去清凉百草青，
飘来寸缕万重声。[2]
中年忽爱平常事，
小雨权当细语听。

---

①喜欢细雨绵绵的日子。

②重（chóng）：表示再，又一次。

牡　丹[1]

2016. 5. 8

我本凡根陌野埋，
帝王捧我上高台。
少听文墨夸尊贵，
贫富人前一样开。

---

①牡丹：著名的观赏植物。古无牡丹之名，统称芍药，后以木芍药称牡丹。虽在唐前牡丹已有记载，但盛于隋唐。

秦皇求仙入海处感怀

2016. 6. 9

赢政一梦笑荒唐，
轻信长寿有灵方。
当年若是不求药，
缘血何能到扶桑？[①]

①扶桑：现指日本。

端午感怀

2016. 6. 10

浩浩龙舟劈水开，
悲歌五月祭英才。
缘何今日皆食粽？[①]
当下几人问由来。

---

①粽：粽子。相传屈原投汨罗江后，楚人舟于端午以竹筒贮米投江祭之，后世沿其习俗，以粽子为端午食品。

夏日山中

2016.6

风牵云影到亭西，
树径幽深漏日低。
夏入山中红朵少，[①]
轻歌一路伴欢溪。

---

①红朵：花儿。

父亲节感怀

2016. 6. 19

浩瀚尘寰谁是星，
山高水远父为峰。[①]
一心望子成龙器，
大爱无言铁骨铮。[②]

①此两句是父亲在儿子心目中的位置。

②此两句是父亲爱子的情怀。

月　季[1]

2016. 6

许是东君寄信笺，
如约而至小亭前。
非同杏李争春色，
却与蔷薇巧撞衫。

①月季：蔷薇科植物，被称为花中皇后，又称“月月红”。适用于美化庭院，装点园林。

世味杂感（一）

2016.6

人生百载当如水，
万里东归本素怀。[①]
不与群波争壮阔，
独清也会惹尘来。[②]

---

①素怀：佛学素语，指平素的希望。

②尘：此处指是非。

世味杂感（二）

——由叶子想到的

2016. 6

坦然笑对冷风嘶，[①]
漫舞乾坤梦亦诗。
零落成尘雄魂在，
春来跃上更高枝。

①嘶（sī）：发声凄楚。

世味杂感（三）

2016. 6

红尘善变是人心，[1]
一会晴天一会阴。
本性千年无寸改，
我用幼稚唤天真。

---

①红尘：指繁华之地，凡指人间。

世味杂感（四）

——由卷尺想到的

2016.6

惯看凡间短与长，
伸曲自在懒张扬。
常因一事心中恼，
最是人心难测量。

世味杂感（五）

2016. 6

巨笔如椽横在手，
浮生自可写春秋。
时人未晓陶公乐，
富贵功名问不休。

自嘲（一）

2016. 7

恨天生我缺一角，
难以玲珑心自知。[①]
不是英雄偏爱剑，
知交墨客也吟诗。[②]

---

①玲珑：精巧细微，指人灵活。

②知交：知心朋友。

自嘲（二）

2016. 7

风雨一丝勿须言，
谁无世上几分难。
沧桑莫与他人诉，[①]
免得别人作笑谈。

---

①沧桑：比喻世事变化，此处指自己的变化，自己的事。

自嘲（三）

2016. 7

禄厚功成年少梦，
争名逐利老知空。
人生一世花间草，
莫让芳华负始终。[①]

---

①芳华：美好的年华。

自嘲（四）

2016. 7

德高自古难同路，
力大从来足迹单。①
总恨微心观大略，②
知音一个胜三千。

---

①力：能力，指才能。

②微心：小心眼。

自嘲（五）

2016. 7

你我平常陌野埋，
千锤百炼始登台。[①]
曾嫌路上知音少，
始觉庸人总妒才。

---

①指成长不易。

自嘲（六）

2016. 7

无名小草也曾谋，
笑看名花笑看愁。
生死焉能埋岭下，
荣枯不肯立墙头。[①]

---

①墙头：围墙的上端，此处指墙头草，左右摇摆。

初　梦

2016. 7

闲听夜雨入池塘，
静看梧桐落叶黄。
志在鸿鹄初梦在，[①]
安然气定任风狂。

①鸿鹄（hóng hú）：即大雁和天鹅。因飞得很高，所以常用来比喻志向远大的人。

小　花

2016. 7

迎风练就天鹅舞，
日晒多姿胜晓霞。[①]
敢与牡丹争富贵，
尤让百草羞腮颊。[②]

---

①晓霞：早晨的彩霞。

②腮颊（sāi jiá）：腮。

秋 波

2016. 7

月下清风见旧荷，[①]
馨香暗渡送秋波。
伤心却是西风紧，
此刻秋波恨泪多。

---

①旧荷：指过去的荷园。

暑　思

2016. 8

云蒸暑烈月凝光，
柳静湖平倦鸟藏。[①]
酷夏常思红叶好，
清风一缕送秋香。

①倦（juàn）：疲倦。

秋　池

2016. 9

虫鸟起处晚风凉，
一片红蕖换素装。[①]
月洒银辉无客至，
秋声不觉满池塘。

---

①红蕖（qú）：荷花的别称。

人生即书

2016. 9

人生即是一部书，
自己写就别人读。
故事何必求完美，
只要曾经真付出。

中　秋[①]

2016. 9. 15

一月逢秋万古同，
情思不尽赋其中。
云沉怎奈光明烈，
满满新圆对旧空。

① 2016 年中秋是 9 月 15 日。

相　思

2016. 9. 20[①]

莫道人生路几千，
知非已过伴尤先。[②]
夕阳一点红如豆，[③]
已把情思写满天。

---

①当天是爱人生日。

②知非：五十岁的代称。

③红豆：取自王维诗“红豆生南国，春来发几枝？愿君多采撷，此物最相思。”相传古时有位男子出征，其妻朝夕倚于高山上的大树下祈望，思念的泪水哭干后流出来的是粒粒鲜红的血滴。血滴化为红豆，红豆生根发芽长成树，结满了一树红豆，人们称之为相思豆。

菊　韵

2016. 10

残荷欲坠剩菊芳，
露点丝尖叶带霜。
更显秋深金色韵，
东篱醉咏一片香。

秋到扬州

2016. 10. 20

扬州九月少浮华，
四面多荫翠吻霞。
我与秋风皆过客，
小桥流水到天涯。

秋游桃林口

2016. 10

秋风惹我意气豪，
更有诗情不寂寥。
只愿桃湖全是酒，
连湖端起不用瓢。

感　怀

2016. 10

半生岁月不蹉跎，
傲骨任凭刀剑磨。
纵使初霜侵鬓发，
依然昂首向天夺。[①]

①夺：争取。

叹　秋

2016. 10

残叶凋零西窗疏，
九华老去东篱枯。
相思不知雁已去，
书笺点墨成泪珠。

优　雅

2016. 10

人生百态有灵俗，[1]
切莫随波入旧途。[2]
待到一身铜臭味，
才知雅气已全无。

---

①灵俗：仙人和凡人，借指多种不同身份的人。

②旧途：此处指追名逐利。

迥　途[①]

2016. 10

征途雨雪染青丝，
半是凄凉半是诗。
莫羡山巅风景好，
寒风彻骨几人知？

①迥途（jiǒng tú）：漫长的道路。

今夜无眠

2016. 10. 23

夜深已觉浅寒生，
听得邻鸡次第鸣。
谁信今宵人不寐，
孤灯一点到三更。

秋　寒

2016. 10. 25[①]

清风细雨小楼寒，
梦醒三更夜已残。
斜卧东窗无睡意，
只因蟋蟀抱琴弹。

①此时笔者在中国人民解放军国防大学学习。

十月登高

2016. 10. 30

秋上山野近黄花，
身浸寒香一抹霞。
莫叹韶光留不住，
丹枫十月胜春华。[①]

①春华（chūn huá）：指春天的花。

秋 菊

2016. 10. 31

百草谁与此花同，
只肯金风玉露盟。①
宁向东篱开寂寞，②
不将媚眼看虚荣。

---

①金风：秋风。

②东篱：语出陶渊明《饮酒》诗："采菊东篱下，悠然见南山。"因以东篱特指种菊花的地方。

叶　赞

2017. 11

绿作浓荫垂碧枝，
也经风雨摧花时。
休言秋老无寻处，[①]
凋尽繁华遍地诗。

---

①老：结束了。

霜　降

2016. 11

一夜霜欺万树哭，
街头漫舞几枝疏。
西风不予行人便，
彩叶横飞脚下酥。

秋　夜

2016. 11. 6

清酒一杯装古月，
暗香几缕别新秋。
细听窗外缤纷落，[①]
疑是琴声送远舟。

①缤纷（bīn fēn）：繁华而杂乱的样子。

秋　阳[①]

2016. 10

池边弱柳舞秋风，
篱畔菊花泛紫红。
含笑骄阳无作语，
温情一片在丛中。

---

①秋阳：秋天的阳光。

雪　夜

2016. 11

半岛飞花玉映天，[1]
几层霜雪轻白间。
寒风总能挥夜笔，
偷把峥嵘写满山。

①半岛：指秦皇岛。

怜　叶

2016. 11

萧萧落叶只随风，
曳曳娑婆舞娉婷。[①]
不问飘零终去处，
可怜无怨亦无声。

①曳曳（yè yè）：飘动貌。

心　悟

2016.12.26[①]

看山看水看流星，
我因聪明误半生。
仕路从来多坎坷，
人心难得是安宁。

---

①当天是工作地进行交流的日子。

问 柳

2017. 2

影落湖溪可觉羞，
常将软骨卖娇柔。[①]
弯腰附逝随风摆，
不辨东西乱点头。

---

①娇柔（jiāo róu）：娇媚温柔。

虚实论

2017. 2. 9

三皇五帝在名山，
有人嬉戏有人攀。[①]
我劝儿孙盯住脚，
离开天界到人间。

---

①嬉戏：嬉笑。

春　风

2017. 3

二月春风烂漫时，
千红万翠闹春枝。
空怜好景忙中过，
只得闲情寄相思。

春　雷

2017. 3

青枝雨后木生香，
半蕊羞含一叶藏。
只待雷公重抖擞，
千红万翠换春装。

春　感

2017.4

半生忙碌叹秋歌，[①]
顿觉时光去似梭。
今借春江一滴水，
研来作饵钓清波。[②]

---

①秋歌：指人生过半。

②清波：清澈的水流。此处指青春年华。

春　闹

2017. 4

千红万翠吐青柔，
紫燕穿堂上旧楼。
不知春风说何事，
羞得百花乱点头。

春　祭[①]

2017. 4. 4

杨花落尽柳花飞，
又逢清明携子归。
陌上青烟瞭绕处，
积思化雨泪成灰。

①小儿一男只要在国内就随父回老家祭祖。

春　寻

2017. 4

素日偷闲吟两句，
春晨更把构思寻。
枝头邂逅红颜笑，
哪个骚人不动魂。[①]

①骚人：指诗人。

四月槐

2017. 5

一树花开半树白，
总念家乡四月槐。
缕缕清香随风染，
无限相思入梦来。

槐　花

2017. 5

白玉连珠嫩蕾黄，
芬芳不语醉人香。
银花九里千簇锦，
万朵风摇一路霜。

芍　药[①]

2017.6

婀娜秀丽媚绝伦，
倩影清装俏有痕。
只待天家甘露落，
心香一瓣点朱唇。

---

①芍药：别名别离草、花中宰相，属五桠果目，多年生草本。

如　荷

2017. 7

骄阳不惧波中立，
任尔疯狂雨横急。
本是江湖清淡客，
倒插朱笔笑污泥。

赏　月

2017. 7

独倚窗栏夜半时，
静看梧桐月梳枝。
伸手欲摘眼前玉，
又怕嫦娥笑我痴。

蝉　歌

2017. 7

烈日蝉歌别样情，
知人悄近骤安宁。
冲天一啸前林去，
又向枝头老树鸣。

暮　阳[①]

2017.7

湖光似镜映秋颜，
水岸层林尽染斑。
落暮斜阳君莫笑，
明天依旧照河山。

---

①暮阳：即将落山的太阳，指向下走的日子。

荷　香

2017. 8

风吟万缕终消暑，
雨落三天始入秋。[①]
月下清凉荷景盛，
馨香暗渡百花羞。

---

①立秋后几天连雨。

爽　节[①]

2017. 8

群山雾绕淡朝霞，
寂静苍穹少色华。
小院梧桐黄几叶，
才知爽节已回家。

---

①爽节：天高气爽的季节，指秋天。

秋 叹

2017.8

秋君本想不复来，
免得骚人再感怀。
句句声声多抱怨，
何如大地一朝白。[1]

①朝（zhāo）：一天的开始。

缘　分

2017. 8

聚散离合皆是缘，
亲疏远近莫心烦。
互为过客寻常事，[①]
谁见明月夜夜圆？

---

①过客：过路的人。指在人生中遇见了许多人，也告别了很多人。

思　学

2017. 8

孤灯伴影不伶仃，[①]
看遍新书兴未停。
不是思学求利禄，
尤期意志总常青。[②]

---

①伶仃（líng dīng）：孤苦无依靠。

②意志：决定达到。

知　秋

2017. 8

细雨霏霏暑渐收，
红荷绿柳怎淹留。[①]
多情最是天涯客，
一叶吟成万古秋。

---

①淹留：长期逗留，羁留。

问　秋

2018.8

何必悠悠慢出巡，
霜花露叶已生嗔。
速将丰稔还民庶，[①]
莫等冬来雪压身。

---

①稔（rěn）：指庄稼成熟。
还（huán）：交还。

夜色海

2019. 7

夜临煮酒架天蓬，
北斗约来星九重。
我兴高时笔蘸海，[①]
一书写尽万千雄。

①蘸（zhàn）：指用物体沾染液体。

自由与归心

——由浮萍想到的

2019. 8

（一）

当年不解浮萍事，
羡慕生来水上播。
荡荡飘飘随处去，
天天尽唱自由歌。

（二）

我自生来游子身，
飘飘荡荡本无根。
他乡任走皆为客，
何月何年不再奔？

秋　荷

2019. 9

秋荷籽落有余香，
碧绿罗裙换浅装。
莫道仙客仿佛去，
来年更比旧时强。

秋　水

2019. 9

条条褶皱是风磨，
暑去凉生体瘦多。
不忘当年情万丈，
暗中只剩送秋波。

秋　雁

2019. 9

偶坐桥头看白云，
忽见顶上雁来群。
谁知秋日相思苦，
偏偏天边排个人。[①]

①排个人：指雁群排成人字形。

老　树

2019. 10

经霜历雪满身尘，
只顾参天不顾邻。
纵使秋风吹尽叶，
何妨荫得避炎人。[①]

①荫（yīn）：遮蔽、庇护。

落　叶

2019. 10

岁月无声草木黄，
适时落地又何妨？
生来只伴娇花艳，
零落成诗路更长。

母爱若水

1984. 3[①]

若水大无根，[②]
滴滴善且真。
虽离千里外，
母爱伴儿身。
客地怜清冷，
归家问苦辛。
人间多少爱，
唯此第一亲。

---

①1984 年 3 月，河北省抚宁县卢王庄公社改为卢王庄乡，笔者当选为副乡长。

②若水：上善若水出自《老子》，意为最美好的品格、高尚的情操像水一样。这里指母爱若水，母爱即为上善。

家　书

1984. 10[①]

少小离家远，
言行靠自身。
心诚交善友，
人好遇知音。[②]
字字双亲泪，
行行父母恩。[③]
儿知行有愧，[④]
只愿客乡新。

---

①1984年10月，笔者任共青团秦皇岛市委副书记当月收到一封家书，字里行间千叮咛万嘱咐，好好做人，好好工作。

②这些经常是家书里的话语。

③行（háng）：量词。

④行（xíng）：特指毕业离开家乡的行为。

人生如逆旅

2010. 5

人生如逆旅，
我亦是行人。
艰苦当直面，
平常对浮沉。
成功疏懒惰，[1]
精彩喜辛勤。
坎坷峥嵘路，
有声亦有痕。

①疏：远。

五十感怀

2013.9

叶黄每添愁，
今又对仲秋。[①]
不悔梦归去，
只恨日嗖嗖。[②]
琴里悲欢曲，
江中过往舟。[③]
华年留不住，[④]
欲步几回头。[⑤]

①仲秋：笔者生日在农历八月中旬。

②嗖嗖：象声词，形容很快发出的声音。

③琴里的曲子，江里的船是留不住的。

④华年：青春年华，指青年时代。

⑤欲步：想要走。

五十二岁生日感怀

2015.9

生来情本真，
坦荡敞胸襟。
怀中藏五岳，[①]
腹内有乾坤。[②]
诚和交挚友，[③]
善爱对知音。[④]
岁过知天命，
尤亲载物心。

---

①包容。

②博大。

③诚信，仁和。

④善良，厚爱。

我有一壶酒

2016. 3. 11

我有一壶酒，
足以慰风尘。
诚杯结挚友，
孝酒敬亲人。
世上多少事，
都在苦中寻。
唯独情与酿，
醉后更知醇。[①]

①醇（chún）：酒味厚，味道纯。

我有一个梦

2016. 3. 13

我有一个梦，
大美且善真。
蓝天追自在，
黄土逐自尊。
五体恭黎庶，①
三省律自身。②
峥嵘岁月路，③
寸寸见人心。④

---

①五体：指两肘、两膝、额。另一种说法是四肢加头部 。

②三省（sān xǐng）:《论语》曾子曰：吾日三省吾身：为人谋而不忠乎？与朋友交而不信乎？传而不习乎？大意是，我每天必用三件事反省自己：替人谋事有没有不尽心尽力的地方？与朋友交往是不是有不诚信之处？师长的传授有没有复习？

③峥嵘：这里指不寻常、不平凡的意思。

④寸寸：一寸一寸地，每段每截。

我有一片情

2016. 3. 15

我有一片情，
丝丝重感恩。
敬老朝暮顺，[①]
育子一生真。
家靠和荣辱，[②]
友凭信聚分。[③]
忠心皆献付，
尽使庶民殷。[④]

---

①顺：孝顺。

②和：此处意指不同事物和方面的相互关系是令人满意的，皆大欢喜的一种状态。

③信：诚信。

④庶民：平民、百姓。

殷：殷实、富裕。

我有一张琴

2016. 3. 19

我有一张琴，
朝夕释自心。
不从山上炫，
只在海边吟。
雨打情涌袂，[①]
风吹意满襟。
人生奢望少，
世上多知音。

---

①袂（mèi）：指衣袖。

漫步滨海木栈道

2016. 5. 28

漫步林海间，[①]
观鸥竞自由。
风吹山雨霁，[②]
树摆细枝柔。
云掩三层寺，
花飞百尺楼。
天长栈道短，
峥嵘岁月稠。[③]

---

①木栈道一边是大海，一边是森林。

②霁：雨雪停止，天放晴。

③稠：多。

自在赋

2016. 7. 10

壮志未曾休，
虚才何处酬。[1]
无聊尝旧露，
有性醉新舟。
松柏本孤直，
难为桃李留。
空名随草木，
自在胜封侯。

①酬（chóu）：回报，实现。

雨夜思

2016. 7. 20

昨夜三更雨，
又洗窗外枝。
风强折绿柳，
月隐故人痴。
新笔书尺素，[①]
红笺赋相思。[②]
平生心底事，
花落几人知。

---

①尺素：书写用的一尺长左右的白色生绢，借指小的画幅，短的书信。

②笺（jiān）：写信或提词用的纸。

事在人为

2016.9.3

寂寞酒空杯，
还能等几回？
时光嗟久短，[1]
明月有盈亏。
失意当独醒，
得志更觉非。[2]
莫言梦已远，
世事在人为。

---

①嗟：感叹、惊叹。

②觉：知道。

非：与是相背，不是也。

我说蒲公英

2016. 9. 4

常因时运好，
孤影几彷徨。
腹内徒风月，
心中少华章。
落魄空自醒，
得志便猖狂。
东风归寂后，[①]
看尔向何方？

①归寂：佛教语，指死、没了。

五十三岁生日感怀

2016. 9

生来性本善，
万事最崇和。
笑看琴瑟起，
从不笙箫夺。[①]
任凭仕路舛，[②]
远志未曾折。[③]
只求心安顺，
一生一性格。

---

①琴瑟笙箫均指乐器，此句指琴瑟发声不用笙箫干扰、打乱。形容为人和善，从不争夺。

②舛（chuǎn）：不顺。

③折（shé）：断。

遥　思

2016.10

转眼又三秋，[1]
更深寒气流。[2]
林稀风哨叶，[3]
星少月明楼。
烛短漾残泪，
心孤聚独愁。
遥思何所伴，
越洋似眨眸。

---

①三秋：指秋季。七月称孟秋，八月称仲秋，九月称季秋，合称三秋。

②更（gēng）：旧时一夜分成五更，每更大约两小时。

③哨（shào）：风发出的声音。

秋雨后

2016. 10. 26

戎园晨雨后，[①]
撩我赏秋心。
翠簇一山绿，
黄飞满地金。
云多天低树，
色重景近人。
晓日生温暖，[②]
心清洗乱尘。

---

①戎园：2016 年 10 月 25 日笔者再次参加中国人民解放军国防大学人防干部培训班。

②晓日：早晨的太阳。

山　中

2016. 10

暮日携云去，
徐风送月归。
松枝摇魅影，
群鸟宿息飞。
泉水敲悠乐，
星光映翠微。
临台观夜景，
畅饮恋琼杯。

履新感怀

2017. 1. 3[①]

开元五四春，[②]
履职再迎新。
胸腹吞日月，
肝胆烛古今。[③]
才高天地妒，
德大世人嗔。[④]
虎瘦雄心在，
新地写乾坤。

---

①2017 年 1 月 3 日，笔者由秦皇岛调到承德工作。

②指自己 54 岁了。

③烛（zhú）：用线绳或苇子做中心，周围包上蜡油，点着取亮的东西。

④嗔（chēn）：生气、责怪。

大　雪

2017. 1. 19

牖外小楼白，[①]
才知夜雪来。
遥思出梦境，
散念入晨怀。
道远鸿泥悟，
客愁草木猜。
听风难寂静，
望雪拟春开。

---

①牖（yǒu）：古庭院由外而内的次序是门、庭、堂、室。进了门是庭，庭后是堂，堂后是室。室和堂之间的窗户叫“牖”，上古的“窗”专指开在屋顶上的天窗，开在墙壁上的窗叫“牖”。

知　己

2017. 5. 2

卅载同舟渡，[①]
一路景色新。
也曾风共雨，
更有怒和嗔。
桃李开三月，[②]
芳菲醉暮春。[③]
人间独知己，
愈老愈见亲。

---

①卅载：指笔者和夫人结婚三十周年。

②三月：笔者与夫人是 1984 年 3 月认识的。

③暮春：5 月 2 日是笔者与夫人的结婚纪念日。

送友人

2017. 3

漫漫人生路，
轻盈展翅飞。
长亭挥素手，[①]
古道洒金辉。
异地知音少，
他乡鼓瑟微。[②]
匆匆尘世短，
切切记常归。

---

①长亭：古时在城外路旁每隔十里设立的亭子，供行人休息或饯别亲友。此处指话别的地方。

②鼓瑟：弹琴。

海　边

2017. 9

风吹云去淡，
雨润树来新。
浪做心胸阔，
海为情意深。
远山入画境，
近鸟勾诗魂。
莫道知音少，
沙滩谁弄琴？

暮　秋

2017. 10

冬君虽未至，
冷气已入侵。
风扫枝林瘦，
云赶暮色沉。
闹市车影少，
闲宇暖光深。
悠然邀故友，[①]
把酒话童真。[②]

---

①悠然（yōu rán）：意为安闲、闲适的样子。

②真：指天真的本性。

父 亲

2019. 8. 24[①]

心中一座山，
催我勇登攀。
坎坷人生苦，
峥嵘岁月艰。
卑微传傲骨，
忠厚浸儿肝。
任凭时光老，
巍峨永不删。

---

①当天是父亲的忌日。

生日感怀

2019. 9. 9

生辰感慨多，
往事荡心河。
处处是非考，
朝朝曲直磨。
花香吟几句，[①]
风雨谱成歌。[②]
今夕怜慈母，
吾侪孝几何？[③]

①花香：指有成绩顺利的日子。

②风雨：指坎坷有困难的时候。

③侪（chái）：同辈、同类。

梦　醒

2019.9

浮生已半世，
浩气始由之。
无情立事早，
有意读书迟。
旧梦谁先醒？
新途人更痴。
心中长明月，[①]
何患不洞知。

---

①长（zhǎng）：生长。

思　乡

1984. 2

烟色如云起，[①]
谁怜漂泊辛。
寒风催日落，
可是送归春。[②]

---

①烟色：此处指炊烟。

②盼日子过得快一点。

归　心

1984. 3

千里南归雁，
也知故乡遥。
十年布衣旧，
岂敢恋锦袍？

燕语感

2016. 6

寻常呢喃语，
谆谆母教雏。[1]
檐下丰羽翼，
家外尽江湖。

①雏（chú）：幼小的鸟。

春　景

2016. 6

微风搔嫩柳，
细雨吻娇荷。
绿水鸳鸯戏，
白鹅走碧波。

心说人生

2016.7

来似一张纸，[①]
去时几缕烟。
构图凭自己，
大美靠心专。

①指出生证。

三更雨

2016. 8

三更听夜雨，
窗外灯影幽。
楼前绿肥处，
落红点点羞。

品　竹

2016. 10

潇洒多情义，
孤直耐冷天。
从来欺满月，
只肯挂新弯。[①]

①新弯：指月牙。

弄字感[①]

2016. 10

不懂诗家语，
何曾结字缘。
千山遥可至，
入句恨难填。

---

①弄字：指写作。

北国秋早

2016. 10

北国秋来早，
清晨曙色迟。
夜临风带雨，
绿瘦黄肥时。

秋　塘

2016. 11

白霜沾野草，
青蛙入秋塘。
半池起涟漪，
半池是夕阳。

秋　悟

2016. 10. 31

人生近秋光，[①]
遇事少彷徨。
只写玲珑赋，[②]
不再论短长。

---

①秋光：指知天命以后的年龄。

②玲珑（líng lóng）：指人灵巧敏捷，处事周全。

心　静

2016. 11

岁过知天命，
心中自平常。
乾坤容我静，
名利任人忙。

桂　花[1]

2016. 11. 6

花开梅定妒，
菊见更应羞。
未觉春光尽，
阶前已是秋。

---

①桂花：中国木犀属众多树木的习称，代表物种木犀。主要品种有金桂、银桂、丹桂、月桂等，花期主要在每年 9～10 月。

心　境

2016. 11. 12

临窗慢释卷，[①]
倚栏数天星。[②]
书忙气自雅，
心闲万事轻。

---

①释卷：打开书卷，指看书。

②倚栏：凭靠在栏杆上。

晓　梦[①]

2016. 11. 20

梦醒人才悟，
当心智者迷。
红尘多少事，
尽自付黄泥。[②]

---

①晓梦：黎明前的梦。

②黄泥：泥土。

径　印

2016. 12

日暮凝云重，
白雪映花红。
苍山人已远，
径印曲直中。

观　茶

2016. 12. 26

身乱忙追逐，
心安少徘徊。
人生如茶道，
香自沉浮来。

问　雨

2017. 6

常在高楼上，
难闻淅沥声。[1]
欲知前夜雨，
要问最低层。

---

①淅沥（xī lì）：小雨落下的声音。

初　雪

2017. 1. 22

今冬腊月雪，
风卷寒鸭愁。
山河成一色，
无处不白头。

春 来

2018. 3

柳嫩柔风染，
冰河渐生津。
雁鸣千山翠，
捎来一路春。

夜　雨

2019. 9. 9

窗外三更雨，
萧萧枕上听。
多情当此夜，
不敢忆平生。

难得糊涂

2019. 10

看山山有雾，
问水水无声。
世上千般色，
何人能辨清。

恒　心

2019. 9. 19

山高始脚下，
路远终后身。
只要恒心在，
蝼蚁撼乾坤。

词作

思佳客 · 书是阶梯

2010. 5

枕上读书修善身，心田种玉养灵根。不因风向失标尺，岂让烟火迷自心。

思过客，望流云，红尘万象了无痕。[①]家贫更觉读书重，不信人生没法门。[②]

---

①了无（liǎo wú）：全无、毫无。

②法门：佛教用语，原指修行者入道的门径，今泛指修德、治学或者做事的途径。

思佳客·宽容是金

2012.9

海阔山高均属尘，人生未必赶昆仑。女神断臂残缺美，[①]和玉微瑕质地纯。[②]

师可敬、众当亲，千川海纳显雄心。人人都有光芒在，一寸宽容一寸金。

---

①女神：指维纳斯，是古代罗马神话故事中的女神。但维纳斯的雕塑是断臂的。

②和玉：指和氏璧，春秋时楚人卞和在山中得到的一块璞玉，琢磨成器，成为传世之宝。

思佳客·知足常乐

2013.1

淡利泊名步履轻，不思年龄笑从容。卸完怨恨眉舒展，放下忧愁眼透明。

寻大路，沐清风，知足常乐曲常哼。凡人心态应常态，袖月担风又远征。[①]

①袖月担风：形容没有负担，无忧无虑。

思佳客·笑对成败

2015. 7

顶上天空我自撑，骤风暴雨任西东。捉鳖不畏惊涛大，揽月何愁险象生。

诚养誉，善修行，一瓢汗水半分功。历来草庶无烦事，[①]成败权当一阵风。[②]

①草庶：此处指百姓。

②本来有一次进步的机会，最终还是未成。

思佳客·笑对流言

2016. 7. 3

带雨前行不复回，身旁冷箭总相随。心宽不畏流言闹，品厚何忧蜚语陪。

风摆柳，雪欺梅，瞬间万象奈何谁？肩生硬翅天相翼，[①]无愧良心展笑眉。

①翼（yì）：帮助。

思佳客·荷塘月色

2016. 7

叶翠花红漫古塘，风清波漾染新裳。涟漪一色层层碧，菡萏千枝朵朵香。[①]

穿水谢，过檐廊，幽筝声远覆苍茫。泛舟戏水观荷色，循步行歌赏月光。

---

①菡萏（hàn dàn）：荷花的别称。古人称未开的荷花为菡萏。

思佳客·我之心态

2016. 9

岁过中年心自清，草根不屑与谁争。浮生返璞寻情趣，本色归真厌掌声。

生向死，树凋零，金钱难买半分钟。铅华洗尽从容现，[1]畅浴秋天那片风。[2]

---

①铅华：指中国古代妇女用的化妆品。

②秋天：人生已走到了秋季。

思佳客·春悟

2017.4

早唱街歌暮唱风，身非将相事非农。诗书读罢春滩钓，[①]鱼路观来利色空。

河岸柳，岭头松，依然四季笑英雄。浮生如旅皆为客，多少功名酒一盅。

---

①春滩钓：钓鱼谚语，春钓滩，夏钓荫，秋钓潭，冬钓阳。

思佳客·闲情

2019. 9

我辈寻欢夜未央，三分酒意七分狂。才将好曲传天宇，又借闲情书锦章。

茶助兴，月增光，挥毫舞袖笔飞扬。明知不得流芳句，无憾平添墨几缸。

思佳客·终将老

2019. 10

轻若飞蓬渺似尘，浮生碌碌苦劳辛。勿嗟心底愁多少，且顾杯中酒浅深。

从野老，至王孙，谁人不是叶归根？向花对月只须醉，莫负金樽春复春。

思佳客·思家

2019.10

我自闲庭望月轮，消愁无计复销魂。曾为深院听蛩客，也作高楼送雁人。

风里影，浪中身，飘摇不定梦难温。天涯若遇君休问，已是辞家第几春？

思佳客·从头再来

2019. 11

秋尽冬来雪满天，时光荏苒鬓将斑。疾驰彩笔书新境，慢啜香茗忆旧年。[①]

人已老，岁将残，韶华远去不复还。千迂百转浮生路，只想从头走一番。

---

①啜（chuò）：喝。

画屏春·秋

2016. 9. 4

看雁飞成秋色，听风抚过金黄。偶成几句试新凉。笔端三两字，心上万千行。

身外闲愁无意，眼中欢事经常。[1]善人生带菊花香。惟思云淡淡，不计雨茫茫。

---

①欢事：高兴的事。

画屏春·再说蒲公英

2016. 10

刺叶少颜谁问，闲英也闹天空。亦真亦幻亦朦胧，从来多寂寞，无奈梦随风。

飞絮频惊秋韵，千山万水留踪。朱门酒肉不相从。[①]逍遥尘世外，独爱做孤蓬。[②]

---

①朱门酒肉：指高贵的人。

②孤蓬：随风飘转的蓬草，常喻漂泊无定的孤客。

画屏春·偶翻男儿幼时照片有感

2016. 11. 12

又现天真笑脸，重回最忆时光。儿时美妙令心狂。当年淘宝贝，已是帅儿郎。

境外书山发奋，[①]京城商海图强。[②]悠悠大事且思量，何时携眷侣，儿女共情长。

---

①指曾在香港特别行政区，后来又到美国读书。

②指现在北京从业。

画屏春·春盼

2017.5

春色雨中芳艳，清波烟柳迷蒙。桃华堤畔又东风。孤舟穿绿水，双树见黄莺。

何日可能归去，浮生长恨漂蓬。[①]与君重温九霄重。不期相守远，携手到天明。

---

①漂蓬：随风飘荡的飞蓬，比喻漂泊或漂泊的人。曾有“漂蓬愈三年，回首肝肺热”的说法。

画屏春·大梦无涯

2017. 6. 6

岁月消磨清味，流年尽洗铅华。也曾醉眼问琵琶。友来三盏酒，客至一壶茶。

眼下情丝万缕，心头开满莲花。缘分恍如指间沙。红尘皆有道，大梦自无涯。

画屏春·倚窗观雨

2017.6

小雨如烟寂寞，微风似我伶仃。涓涓细水最怀情。一心向海去，不做半时停。

梦里香尘依旧，[①]华年谁说曾经。几多风雨几多晴。花落君莫问，花开是归程。

---

①尘：芳香之尘，也称香境，是佛教六尘（色、声、香、味、触、法）之一。

卜算子·咏松

2010. 5

无意与天齐，誓要顶天矗。[①]咬定青山共月吟，笑看风云怒。

吞吐萃精华，[②]砥砺豪情铸。何论身居谷与峰，不改初心路。

---

①矗（chù）：直立，高耸。

②萃（cuì）：聚在一起。

卜算子·咏梅

2012. 1

寒月陡然开，[①]偶露春将莅。傲雪非争气节清，不惹蜂蝶戏。

疏影展冰姿，零落幽香递。散入群芳自在春，[②]笑看花争季。

①陡然：突然，令人猝不及防。

②散入：飘散。

卜算子·咏竹

2012.6

劲节挺风姿，品正虚心见。独守云开见月明，笑看群芳艳。

优雅戏红尘，霜雪寻常伴。两袖清风对上苍，任尔风云变。

卜算子·惜年

2013.3

我欲问苍天，谁可留春住？半寸光阴不敢轻，恐使流年误。①

旧梦锁云烟，回首芳华路。几处知音几处痕，常在心中度。②

---

①流年：如水般流逝的光阴、年华。

②度：度过。

卜算子·咏荷

2013.7

花叶满池娇，红绿一双俏。舒卷开合似祈仙，[1]优雅临风笑。

几度蕴纯情，多日清香绕。满目荷花带月亲，[2]花月同般耀。[3]

---

①祈仙：祈福的仙子。

②亲：见，看。

③耀：光彩夺目。

卜算子·咏莲

2013.8

出水赛芙蓉，犹记淤泥苦。天放妖娆岂自知？只怕身虚度。

好景有穷期，情却难觅处。一朵红花一世情，蒂并莲心铸。

卜算子·咏兰

2013. 8

深谷乱石中，偶见华姿挺。花谢花飞最有知，品雅群芳敬。

宁愿伴霜凉，何惧陪荒岭。不把幽香媚夏阳，独自成风景。

卜算子·惜缘

2013. 10

陌上菊花黄，池内秋荷败。满院飞花又样情，浮想浑如海。

不是有情人，勿惹红尘债。一世姻缘几世情，莫叹朱颜改。[①]

①朱颜：红润美好的容颜。

卜算子·咏菊

2013.10

傲骨戏霜寒，韵锁幽然处。万木萧疏尔正狂，[①]一任群芳妒。

宁可抱香枯，不愿随风舞。笑等来年续九花，[②]又见青青骨。

---

①疏：凄凉的、孤寂的，清冷疏散，稀稀落落的。

②九花：菊花别名。

卜算子·送别向利书记回省工作

2015. 9. 21

秋遇故人分，更觉别离苦。往事浮沉百样叠，谁解心如煮。

千日去匆匆，[①]万善留无数。不近浮名只近民，无不心相慕。

---

①千日：指向利书记在秦工作时间（2013 年 2 月 6 日至 2015 年 9 月 21 日）大约一千天。

卜算子·北戴河秋感

2015.9

秋海静如湖，举目皆为景。千顷林花送氧风，只憾无人等。

热至引人来，暑去人无影。更恨春秋少客知，[①]何故催人醒？

---

①春秋两季的北戴河依然很美，但知道的人少。

卜算子·又登仙螺岛①

2015. 9. 26

常记抚宁情，更念仙螺岛。年少为官顾虑无，只恨时间少。

人对故朋亲，月到中秋好。②几处漂泊几处痕，一世情难了。③

①仙螺岛：位于南戴河近海 1 公里处，依托民间海螺仙子的美丽传说而来，该岛由 1038 米的索道连接岛与海岸。乘跨海索道可游览海螺仙子、三道关、海中海、海中喷泉、七星灵石、观海长廊、仙螺阁、临海栈道等景观。

②当天恰好农历八月十五。

③了（liǎo）：结束。

卜算子·城市的天使[①]

——献给环卫工人

2016. 3

夕扫满天星，朝踩三更月。[②]几度春秋几路歌，笑对风霜雪。

手茧示忠诚，脸皱明情烈。净化城容净化人，追梦同心切。

①笔者在市政府任职期间分管城建环卫工作。

②朝（zhāo）：早晨。

卜算子·秋感

2016. 10. 19

霜重落梧桐，菊放增新朵。忍看疏林晚照沉，眉黛深深锁。[①]

风骤叶西东，浑似飘零我。一缕情思梦里藏，去后心安得。[②]

---

①眉黛（méi dài）：古代女子用黛画眉，所以称眉为眉黛。黛：青黑色的颜料。

②去：离开。

卜算子·拜谒灵隐寺

2016.10.19

雨伴谒飞来，[1]再拜云林寺。树老庭深古殿台，痴客纷纷至。

渐醒仰修身，[2]顿悟忽然是。万里乾坤小似棋，心定无难事。

---

①飞来：灵隐一带的山峰怪石巍峨，风景绝异。印度僧人慧理称“此乃中天竺国灵鹫山之小岭，不知何以飞来”？因此，称为飞来峰。

②仰：依赖。

卜算子·菊赞

2016. 11

南雁赶秋回，[①]红绿追形瘦。[②]唯见田园簇簇黄，灿烂仍依旧。

岂肯嫁东风，只把清纯守。历雪经霜气韵生，不与春争秀。

---

①雁是候鸟，在南方过冬，雁南飞时说明天气转凉。

②到了秋季，大地上的植杨都花败叶落了。

卜算子·自嘲

2017.1

不是后山人，亦非前堂客。常览群贤万卷书，岭上观天阔。

大气戏功名，海量驱弊祸。也见沉船葬水底，更有千帆过。

卜算子·独思

2018. 1. 11

塞上起白风，月下枯花舞。烛影摇红梦万千，弹泪无重数。

寂寞有心知，冷暖谁人顾。窗外霜寒锁玉阶，雾满来时路。

卜算子·三角梅

2019.5

旧水绕亭台，新雨窗前闹。已是人间四月天，犹有梅花俏。

独自送芬芳，不屑争分晓。不选方圆不选人，[①]潇洒迎风笑。

---

①方圆：生长环境。指不论什么生长环境，也不论任何人欣赏。

卜算子·相望

2019.8

君是水中莲，我是堤边柳。日照云霞月落山，相望难牵手。

不恨梦难圆，不怨春光旧。纵使天荒地老时，也记情深厚。

卜算子·墨缘

2019.9

月下种诗欢，案上寻图巧。往事如书境似萍，独念春来早。

同步林荫下，挽手秋阳好。待到枫红染墨魂，只怨时光少。

鹧鸪天·别样人生

2013.4

只要登山莫问高，造极梦想远途招。放眸旷野思苏轼，[①]昂首云天唤老包。[②]

风不止，雨还飘，心中红日是航标。披星抱月朝前走，一样人生别样骄。

---

①放眸：指极目远望。

苏轼：北宋文学家、书画家、美食家。诗句豪放，善用夸张、比喻，艺术表现独具风格。

②老包：即包拯，北宋名臣。廉洁公正，立朝刚毅，不附权贵，铁面无私，且英明决断，敢于替百姓申不平，故有“包青天”之名。

鹧鸪天·惊感

2016. 7. 3

镜中无从细数痕，慌如不识眼前人。沉音寂寂归沉默，惘事纷纷转惘闻。

年少梦，过来身，浅听风雨且归真。但任岁月勤飞雪，世上杂尘不染心。

鹧鸪天·山中偶遇

2016. 8. 18

旷谷幽兰常素妆，[①]仪容闲逸气自芳。一弯晓月纤纤韵，几抹晨风缕缕香。

安淡雅，历沧桑，身居阡陌又何妨。云岚袅袅频频顾，[②]疏影娉娉梦里藏。[③]

---

①旷（kuàng）：空而宽阔。

②岚：指山中云雾之气。

③娉娉（pīng pīng）：形容女子俊美，体态轻盈。

鹧鸪天·又回老地方[①]

2016. 10

信步重游老地方，正逢菽稻已金黄。农宅烟火冲寒气，土灶家肴散异香。

心驿马，意由僵，半壶浊酒胜杜康。浮生不忘出发地，心系苍生运自昌。

①老地方：指笔者参加工作的第一站，抚宁县卢王庄公社。

鹧鸪天·岁末有感

2016. 12. 31

淡抹轻装素雾成，琼枝满目叹无情。繁花似火云烟逝，孤寂如冰日月宁。

今岁满，变秦承，[①]三十三载港城情。悲欢过往常追忆，壮志难酬待后评。

---

① 2016 年 12 月 26 日，省委决定笔者由秦皇岛市委常委、副市长调任承德市委常委、政法委书记。

鹧鸪天 · 看淡

2017. 1. 27[①]

世事深谙不染尘，从容岁月任均分。犹怜俗事千层变，也惜陈情几度温。

常自醒，莫沉沦。纵然初照近黄昏。牵愁感恨示苍庶，看淡功名看淡金。

---

①当天是除夕。

鹧鸪天·春月

2017. 3

绿柳柔丝二月风，[①]蜿蜒溪水转流东。嫩花朵朵生田野，归燕双双舞碧空。

云淡淡，日融融，春邀路客景相逢。新芽抚壁堪明目，泉语撒欢更动情。

---

①二月：指农历二月。

鹧鸪天·闲话手机

2017.5.17

你在名城我去山，全凭手机把情牵。往来俗事需多日，[①]而今闲聊几秒间。

新语录，旧名单，亲朋新友总增添。也知某某成空号，存留三年未忍删。

---

①俗事：指平常事。

鹧鸪天·遇高考日有感①

2017. 6. 7

夏雨连连频降温，上苍终是有情人。深怜学海扬帆苦，更懂书山行路辛。

酣昨夜，笑今晨。张张卷前抖精神。他年未悔今朝事，不让青春丢半分。

---

①笔者是 1980 年参加的高考，没有高考便没有笔者的今天。当年虽为全县状元，也险些名落孙山。

鹧鸪天·问岁月

2018. 2

往事烟寒谁与听，身虽未老已无凭。风吹岁月诗难旧，雨落江湖酒不成。

从柳岸，向兰亭，几多旧梦寄浮萍。可怜故友如花落，唯有笙箫独自横。

鹧鸪天·弹琴

2019.8

一曲红尘绕指柔，万般风韵曲中流。高山流水觅知己，春江花月醉客眸。

情切切，意稠稠，满地相思谁来收？且将光阴弹个够，莫让痴心空对愁。

鹧鸪天·醉赏秋光

2019. 10

梧叶萧萧临晚秋，东篱菊灿百花收。临溪忘尽千般绪，酌酒清空万种愁。

云易散，恨应休。一诗一梦也风流。且将诸事抛天外，漫赏秋光笑上楼。

鹧鸪天·自嘲

2019. 11

野外篱旁慢慢黄，花开十里散清香。群芳向暖争春去，我自宜人耐岁长。

迎冷露，傲寒霜。深秋寂寞又何妨？[①]不随红紫尘中堕，宁守孤贞枝上昂。

---

①深秋：指年龄偏大时。

鹧鸪天·闲登观景楼

2019. 11

一别家河四十秋，[①]壮心已共世情收。茫茫苦旅常追梦，碌碌浮生不说愁。

风瑟瑟，意休休。惟将冷眼看风流。江湖处处惊涛险，且自闲登观景楼。

---

①家河：指家乡。

鹧鸪天·心乐

2019. 11

我好书文更好诗，书山诗海任心驰。风流每羡周公瑾，[①]才气深惭杜牧之。[②]

搜旧韵，拟新词，兴然难寐夜阑时。闲暇自觅无穷乐，不浸其中焉可知。

---

①周公瑾：东吴名将周瑜，字公瑾。

②杜牧之：唐代杰出诗人杜牧，字牧之。

忆江南·多少悔

2016.8

多少悔，或许在心头。那夜秋风常入梦，那番情意未曾留，留也是闲愁。

长相思·思君

2016. 11

哭随君，笑随君，随君只因相识恩，割舍越发亲。

风情深，雨情深，情深更随岁月真，人老见初心。

长相思·为了谁

2016. 11

风相随，雨相随，风雨相随头不回，南雁为了谁？

日沉醉，夜沉醉，日夜沉醉人憔悴，谁知错与对？

长相思·知己

2017. 5. 2[①]

一雀飞，两雀飞，飞到云端梦亦随，天庭洒月辉。

一生追，两生追，追到何时共路归，千年等一回。

---

①当天是笔者和爱人结婚三十周年纪念日。

长相思·中宵人未休[1]

2019.10

水上头，树上头，望断归鸿影一眸，夕阳山中收。

夜幽幽，海幽幽，月到中宵人未休，蛩声浑是秋。[2]

---

①中宵：半夜。

②蛩（qióng）：古指蟋蟀，也指蝗虫。

浪淘沙·北戴河观日出

2014. 7

水阔与天高，[①]红日如漂，[②]几只鸥鹭自逍遥。春暖花开朝大海，谁领风骚？

旧事涌心潮，帝景相邀，[③]观涛望海竞留标。[④]碧水一湾今更是，秀美多娇。

---

①水开阔得和天一样高。

②漂：指像水漂。

③帝景：皇帝和景色。

④留标：指皇帝、伟人为秦皇岛留下的标志性诗词和景物。

浪淘沙·春日

2015. 5

雨过好天晴，草木峥嵘，看完柳暗看花明。此景如同天界外，其乐盈盈。

把酒问春风，谁最从容？只知桃面胜花红。细数知音怀远客，脉脉传情。

浪淘沙·雪①

2017. 1. 19

又遇雪精灵，漫洒苍穹，圣洁飘逸裹群峰。追梦素寒吻丽影，梅雪娉婷。②

偏爱雪玲珑，气爽情浓，琼枝梨开俏姿容。山舞银蛇心韵动，怎样神工？

---

①笔者上班途中遇雪。

②娉婷（tíng pīng）：指体态轻盈美好。

浪淘沙·壮写人生

2017.4

野旷远山青，把酒临风，烟吞落日暮云红。脉脉一河春绿水，明月当空。

往事涌千重，遗恨无凭，曾经得意正年轻。转眼白头尝百草，[①]壮写人生。

---

①尝百草：神农尝百草的故事是中国古代神话传说，由此发明了五谷农业。此处借指自己的经历很多。

思越人·笑对生活[①]

2010. 5

坎坷人生笑自扬，谁凭一事论优良。黄连畅饮休嫌苦，泪水濒嚼也似糖。

学忍耐，避锋芒，草根拼命逐吉祥。贫困未必真潦倒，谁懂生活谁最强。

①当年 4 月，笔者个人要求卸任市委常委，转任副市长。

思越人·静待花开

2016. 12

满目春光神不呆，心花常伴乐花开。阴风毁誉无声色，明月盈亏鼓节拍。

行好事，莫悲哀，残阳用血照青苔。犁田不问何谓果，静待真花善样来。

思越人·修行无止

2016.12

动可强身乐去魔，顺其本性塑人格。山山水水寻真趣，岁岁天天享快活。

诚养友，善积德，孝添福寿忍增和。人间正道勤为径，圆梦从来全靠搏。

临江仙·感事

2016. 7

自古人生谁不老，内心固盼多枝。世间家事费人思。匆匆流水去，瞬息乱云织。

泪眼凝眸思故里，半生悟得真知。孝乘长辈健康时。[①]敬尊需尽早，莫悔孝行迟。[②]

---

①乘：趁，乘便，乘机。

②干工作要只争朝夕，孝敬老人更要只争朝夕。

临江仙·岁月有惑

2016. 7. 19

花落随风春渐远，怎堪岁月无情。黄昏攲枕到天明。[①]
青丝添白发，冷月照疏星。

半世红尘回首望，一生两袖清风。人间自古事难平。
几分因富贵，多少怨功名？

①攲（qī）：通倚靠，斜倚，斜靠。

临江仙·雪花

2016. 12

片片飞花风漫舞，随缘聚聚分分。山川素裹满层新。冷风频做客，梅雪喜联姻。

最爱东山晴后雪，恰如日照金银。玉尘白露本无根。欣然还作水，[1]择日复青云。

---

①还（huán）：表示恢复原状。

临江仙·年末

2016. 12. 31

年年岁岁匆匆过，今年更是匆匆。几多清梦几多空。落花心落寞，落雪眼迷蒙。

淡淡闲愁挥不去，冷烟寒雾重重。且将陈酒酹苍穹。[①] 胸襟常坦荡，何惧雪加风。

---

①酹（lèi）：把酒浇在地上。

临江仙·清风明月好

2017.1.8

滚滚红尘无觅处，去留不过销魂。[1]功名利禄总磨人。凡间多少事，终化一浮云。

逐梦贪婪难划界，谁能巧断乾坤？不如四海笑迎春。清风明月好，快乐享晨昏。

---

①销魂：因过度刺激而神思茫然。多用以形容悲伤愁苦时的情状。

临江仙·夜思

2017.1.10

仰望青空明月在，朔风尽染城乡。琼枝素颜冷凝霜。举杯问苍天，我梦在何方？

独倚楼台思旧事，青春从未彷徨。自言自语自端详。浮生多少事，只怨我疏狂。[①]

---

①疏狂：豪放。

临江仙·世味煮成茶

2017.4

岁月悠悠终似水，无声洗尽铅华。红尘漫漫岂无涯。沉浮皆过往，世味煮成茶。

人生如旅皆是客，荣华富贵如沙。淡然一笑付烟霞。[①]素心常对月，把酒话桑麻。

---

①付：给予的意思。

临江仙·春忆

2016. 5

一岁一年芳菲尽，飘零无际难寻。无情雨后向黄昏。一弯残月影，几许落英痕。

遥忆春时花正好，百翠千艳香曛。葱葱郁郁且欢欣。不堪怀旧意，[①]偏遇雨纷纷。

①不堪（bù kān）：忍受不了，不能、不可。

临江仙·别

2019. 5. 20[①]

夕阳残霞河景好，鳞波一片黄红。长天新月静无风。流云何处去，千里画堂东。

三十余年如一梦，韶华逝去惊鸿。凭栏又见远山蒙。从前多少事，一笑且从容。

---

①当天省委决定笔者任省信访局巡视员。

临江仙·闲暇

2019.11

本是天涯漂泊客，红尘处处为家。三千烦恼煮成茶。举杯邀朗月，信笔写芳华。

何必执着身外事，说来都是闲暇。谁不尸骨落黄沙？人生风雨路，风雪伴桃花。

喝火令·忆流年

2016. 7

有意乘风笑，无心对雨飞，落花谁解此时悲？明月那时如幻，春色不堪追。

路远千山小，天长半世微。[①]陡然朝日剩余辉。叹否时光，叹否情难随。叹否旧年徒忆，岁去会由谁？

---

①笔者虽然年过五旬，但在人类长河中微不足道。

喝火令·新年感怀

2017. 1. 7

旧岁才垂暮，新年又启程。重栖新地向前行。春柳雪梅依序，无一不枯荣。

漫漫人生路，孜孜逐梦情。蓦然回首忆峥嵘。几历早成，[①]几历路泥泞。几历踏平坷径，信步更从容。

---

①几历：几次经历。

忆秦娥·新春

2017. 2

齐声贺，春风有力严冬破。严冬破，山也装扮，水也欢乐。

人生近视多差错，心中少怨谁知我？谁知我？天上红日，人间烟火。

忆秦峨·交流感怀

2019. 11

惊回首，花落花开几春秋。几春秋，百转千回，求索难休。

人生易老天不老，壮心难已志难收。志难收，我心光明，晶莹依旧。

满江红·中秋感怀

2016.9.15 晚

身倚高楼，展双臂，掌心托月。林茂处，海风吹过，晚蝉落叶。谁踏云梯悬玉镜，浑身入水光非灭。看吴刚，斟满桂花香，迎秋节。

嫦娥舞，惆怅泄。白兔笑，轻歌悦。晓春花秋果，夏风冬雪。只愿人生同此夜，乱云难掩光明烈。喜今宵，月满正团圆，欢心切。

满江红·异地交流感怀

2016.12

浪又袭弦，寻常看，云来云住。平险渡，急风正打，弥天碎雾。往事高山流水去，半生不信韶华误。望沧海，日暮送流黄，渺茫处。

存远志，天总助。求大业，小人妒。叹四方聚铁，几番错铸！能忍霜寒行远路，敢拼一掷抛孤注。听来年，热泪化长歌，朝天赋！

满江红·偶感

2016. 12. 7

古往今来，职场内，旧恩新怨。绵不绝，尔虞我诈，口蜜腹剑。我本一心只向善，未曾半日争长短。几处漂，几度笑扬眉，几遭难！

对和错，刚正判。功与过，公平断！看前因后果，假真明辨。只怕紧箍圈大圣，不能铁棒除妖患！阅古今，绿色养忠贤，朝前看！

江城子·元旦

2016. 1. 1

寒来有酒伴诗鸣，路难行，惹心惊。回首人生，何处是长亭？年过五旬常问己，人未老，仍峥嵘。

天涯过客太匆匆，弃沽名，淡纷争。金贵光阴，寸寸用心耕。脚踏昆仑头顶月，张双臂，去摘星。

江城子·感慨

2017. 1. 8

而今不屑博功名，身如萍，飘无定。多少旧事，到来未成行。或许青春攻略少，豪情志，敢摘星。

英雄难用泪长倾！数风流，何以凭？披肝沥胆，近民又近情。但愿政声人去后，有知士，道公平。

蝶恋花·春远

2017. 4

残红吹乱春渐远，鸿雁无音，浮想空流转。谁道情随时日浅，缘深何患相逢晚。

归巢双燕私软，不敢偷听，唯恐愁肠断。泪眼婆娑君未见，心伤岂在情长短。

水调歌头·人生感悟

2016.7

独处心常问，何谓世人愁？平生几度漂泊，含泪伴歌求。亲近东风劲草，疏远阴霾腐朽，善恶心中留。市井绿荫少，红叶落无由。

人在做，天在看，善根修。自然本色，明眸远眺秀春秋。眼里芬芳馥郁，心底消冰解酒，顺逆总昂头。宁做人中傻，忠孝自风流。

水调歌头·新春上班感怀[①]

2017.2.3

红日照白雪，厚土定飞云。惊鸿快掠无际，一去罢浮尘。并舞清风万缕，不与污流同下，天地写忠魂。常伴风雷雨，更长精气神。

青春赋，[②]城乡韵，[③]意深沉。三十三年过去，[④]谈笑一挥身。做事恰到好处，做人恰如其分，肝胆两昆仑。世上多少事，只怕用心人。

---

①指到承德上班。

②指从事共青团工作。

③在县区工作。

④指在秦皇岛工作33年。

水调歌头·登高

2019. 10

记得三春暖，不忘九冬寒。人生长路、谁不平顺共艰难？一段峥嵘岁月，一曲悲欢离合，世事总难圆。雪尽知春色，雨后读青莲。

平生事，无须问，肯登攀。披荆斩棘、纵是坎坷也无难。笑对花开花落，乐享云舒云卷，潇洒过重山。登顶看天阔，俯首阅人间。

沁园春·北戴河

2014. 8

渤海茫茫，多是湖光，少有浪飚。[①]看帆船点点，鳞波闪闪，犹如海市，更似鱼漂。天上云飞，水中鸟走，又见白鹭直入霄。千千地，[②]万条河连海，戴口独娇。[③]

小城百载风骚，忆往昔，英名几度高，恰河清海晏，人和政好，一心逐梦，不计途遥。破雾乘风，劈波斩浪，直挂云帆再弄潮。观天下，数千红万紫，我最妖娆！

---

①飚（biāo）：暴风。

②千：形容数量多的意思。

③口：指戴河口。

十六字令·莲

2013.7

（一）

莲，晨风摇曳碧波莲。袅婷婷，绿汉捧红颜。

（二）

莲，露华流珠醉流连。清芬溢，贶馥沁心田。[①]

（三）

莲，两袖清风性不迁。身无染，入世自清廉。

①贶（kuàng）：赐、赠。

十六字令·琴棋书画

2016. 10. 21

（一）

琴，一曲春秋几样吟，心相印，十指道清芬。

（二）

棋，寸寸神机步步疑，筹帷幄，半点不迷离。

（三）

书，笔运中锋旧纸铺，轻匀墨，一字显心湖。

（四）

画，万紫千红伴众家，芬芳落，百俏赋奇葩。

行香子·感悟

2016. 10

滚滚红尘，向善修身。人尊贱、自己争拼。粗衣旧舍，淡漠金银。要倒空名，倒空利，倒空心。

清晨望远，万象更新。日升落、铁律恒循。山河绚丽，景色缤纷。总放得下，拿得起，笑得真。

行香子·往事

2019. 1. 19

叶落随风，花谢无声。秋将尽、蝉隐鸿鸣。池边秃柳，陌上衰蓬。却三分愁，四分怨，五分情。

斜晖孤院，半掩门庭。忆当年、往事如萍。月朦月朗，心满心空。愿山长绿，人长久，水长莹。

行香子·诗意田园

2019.10

雁鸣重阳，花落霜天。短篱外、紫闹红翻。一身傲骨，绝世娇妍。赞气高雅，品高洁，德高贤。

抚琴把盏，犬跳鸡欢。欣欣然、再下南山。闲情五柳，[①]诗意田园。种一丛菊，一弯月，一方田。

①五柳：陶渊明也称五柳先生。

行香子·最美的坝上

2019. 10

叶别高枝，紫舞丘头。胭脂泪、尽染风流。山山岭岭，欲说还休。似春花锦，夏花绣，冬花绸。

经霜柿果，临风菊柳。意中情、草木含愁。蓝泼黄洒，绿点红收。引摄家迷，诗家醉，画家留。

行香子·秋颂

2019.11

秋雁南迁，花落枝坚。云千里、漫舞翩翩。寒霜凝湛，素叶飞旋。喜孟秋爽，[1]仲秋圆，晚秋喧。

春归不恋，夏去不牵。到而今、遍野灿烂。与君携手，苦乐同欢。感天恩长，亲恩永，爱恩绵。

---

①孟秋：秋季的第一个月，即农历七月。

破阵子·四季歌

2016. 12. 3

燕舞莺歌柳绿，蝉鸣蛙闹荷红。瓜果飘香枫木艳，寒雪飞鸿梅醉浓。年年人不同。

岁月曾经数载，浮华难改初衷。只抢朝夕从未懈，愿使黎民甜蜜增。经秋更不松[①]。

①经秋：指自己的年龄已到了人生的秋季。

采桑子·湿地赏莲荷

2015. 9

一池湖水莲荷景，旧看荷灵。今看莲铭，宾客纷纷湖畔停。

残红落去游人走，空剩秋螟[1]。寂寞枯萍，金雨轻敲诉旧情[2]。

①螟（míng）：虫，昆虫。

②金雨：秋雨。

采桑子·望海

2016.9

联峰山上凭栏望，[①]树也芬芳。水也芬芳，千顷烟波鸥鹭翔。

浮生难得几回醉，醒不癫狂。醉不癫狂，诗酒人生福寿长。

---

①联峰山：指北戴河联峰山，位于北戴河海滨中心西部，景区占地 6000 多亩。联峰山公园始建于 1919 年。

采桑子·冬悟

2016. 12. 10

昨天渐厚明天少，[1]更觉风凉。岂止风凉，鬓角枝头挂玉霜。

少时喜唱红梅赞，不晓沧桑。[2]待得沧桑，再也无心战四方。

---

①指一年的日子过去的多，剩下的少了。

②沧桑：沧海桑田的缩语。桑田：农田。大海变成桑田，桑田变成大海。比喻世事变化很大。

采桑子·往事随风

2017.6.29[①]

华年似水东流去，顺也从容。逆也从容，万种浮沉一笑中。

如烟往事匆匆度，舍也随风。得也随风，始道红尘了是空。[②]

---

①赴山东开会途中。

②了（liǎo）：完结、结束。

采桑子·活出自己想要的模样

2017. 6. 29

功名本是无情物，得又如何？弃又如何？身正心清最洒脱。

韶华已伴红尘落，[1]跨过高山。淌过长河，从此吟弹幸福歌。[2]

①落：经过了。

②弹（tán）：用手指弹击。

南歌子·冬至登山

2016. 12. 23

岁末登高处，环眸览四方。日随冬至转新阳。地冻天寒愈是近春光。[①]

天上星河转，人间苦路长。时超天命少彷徨。[②]沐雨经风定力胜猖狂。

①此句意为冬天到了春天还会远吗?

②天命：指天命之年。

浣溪沙·路

2016. 12. 17

南北东西任我行，春秋冬夏步难停。风霜雪雨且相迎。

一任山重还水复，[1]几番柳暗又花明。胸怀自是胜痴情。[2]

①一任：听凭。

②胸怀：指一个人的胸襟，气度。

渔家傲・晨思

2017. 1. 12

梦醒寅时天未晓，推窗霜月清晖照。独等晨曦思袅袅，天亮了，[①]难酬又是人行早。

万水千山天杳杳，[②]相追日月催人老。静念常弹知足调，须信道，舒心最是开怀笑。

---

①了（liǎo）：完结。

②杳杳（yǎo yǎo）：昏暗貌，幽远貌。

鹊桥仙·清明祭父

2017. 4. 4

又逢春晓，紫烟缭绕，纸化蝶飞惊鸟。晨风骤变转天阴，水溢泪，鸿悲影小。

忆归远早，泪涌心绞，人好行端寿少。赋词素纸酎涟漪，[①]酒酹草，[②]缅追先考。[③]

---

①酎（zhòu）：醇酒。

②酹（lèi）：把酒洒在地上表示祭奠。

③考：原指父亲，后称已故的父亲。

天净沙·冬

2017.11

几片叶落屋门，一窗灯影黄昏，院角残藤落尘。冬来青恨，绿红花草全吞。

西江月·修心

2016. 7. 3 晚

墙外风波再起，又经冷雨无声。红尘烟火乱扑腾，我自心平如镜。

几度人生漂泊，尤知道路泥泞。异乡赤子血凝情，岁月终能作证。

西江月·暮春

2016.5

莫道桃花逐水，休言柳絮追风。这边山上杜鹃红，正被游人簇捧。[①]

一阵风来雨去，几番意淡情浓。河西过后又河东，只剩青峰独耸。[②]

---

①簇捧：簇拥。

②独耸：孤独地耸立在那儿。耸：直立。

西江月·秋思

2016. 10

窗外霜花似火，街头车海如龙。高层极目月明中，心事千千谁懂？

秦岛萍漂数载，多少已变曾经。随风云散各西东，几夜金樽与共。[①]

---

①金樽（jīn zūn）：中国古代盛酒的器具。

西江月·秋悟

2016. 10

细雨夜飘秋老，凄风霜降红消。远山阡陌渐萧条，万木千花失俏。

举目何须琴咽，[①]凝神自可弦高。[②]东临平野任逍遥，心境原由心造。

---

①琴咽：琴像人一样呜咽哭泣，断断续续泣不成声。

②弦高：弦，琴上赖以发声的弦线，声音大。

西江月·心境

2017.4

休问阴晴怎料，任汝红紫成堆。瓶中瘦插去年梅，犹忆冷寒滋味。

岁月从来不住，青春过往无回。香炉已冷佛前灰，只愿今生不愧。

一剪梅·悟

2016. 8. 27

撕片阳光暖自身，剪半月轮，摘下星辰。谁人不想步青云？[①]出入鸿儒，[②]远离俗贫。

莫道人间苦味辛，淡视金银，向善修身。历来悲壮怪求真，看破红尘，已近黄昏。

---

①青云：比喻高官显爵（jué），旧时比喻道德高尚有威望。

②鸿儒：博学的人。鸿：大。儒：读书有学问的人。

一剪梅·思故乡

2017. 1. 3

倦影孤寒对冷窗，星亦凄凉，月亦凄凉。一帘离绪恨天长。思也苍茫，[①]念也苍茫。

独琴轻拨神暗伤，欲诉愁肠，难诉愁肠。频书瘦句寄故乡，词洒千行，泪洒千行。

---

①苍茫：空旷辽远。

阮郎归·初夏感怀

2016.6

春生惆怅夏彷徨，心愁对路窗。月季花放院中香，痴情理旧伤。

蜂细语，荷拥塘。悠然各自强，举棋未落筑荒唐[①]，谁知路短长？

---

①传说的事终未落棋。

清平乐·坝上草原

2017.6

高林深处，渺渺云烟路。夏走犹如秋令度，绿地青湖星布。

漫步坝顶极远，好个塞外江南。更喜河清海晏[①]，多娇秀美山川。

---

①河清海晏：河：黄河；晏：平静。黄河水清了，大海没有浪了。比喻天下太平。此处指承德市政治生态好。

渔歌子·芦花飞

2019. 10

如雪如霜乱眼眸，红尘千丈意更柔。情不尽，爱长留，初心不改秋中求。

如梦令·夏初偶感

2017. 5. 22

花闹更知疼柳，翠嫩不堪欺藕。昨夜雨风急，又见绿肥红瘦。知否？知否？春在向秋行走。[①]

---

①夏天不仅是夏天，其实是春天到秋天的过度。犹如中年人，亦是青年步入老年的过渡。

南乡子·路比远方远

2016.9

缘分指间沙，路比远方距更遐。褪色青春遗片羽，嗟呀，彼岸风烟梦里花。[1]

错过即天涯，流水多情洗铅华。向晚曾来高处望，山遮，望尽落日不见家。

①嗟呀：惊叹，叹息。

现代诗作

妈妈，你在儿孙眼里最富有

——写在母亲八十大寿时

2017. 2

当年母亲正年轻，
却因贫困抬不起头，
一身补丁衣服穿四季，
出门总是沿着墙根儿走。

学校离家并不远，
可是母亲送我只到校门口，
怕让老师同学看见了，
遭人笑话儿别扭。

为给儿子攒学费，
扔下镰刀抢锄头，
雨雪风霜不饶人，
累驼了脊背累弯了手。

母亲的肩膀扛起家，

扛起苦难和忧愁。
“八千里路云和月”啊，
终于扛到了丰衣足食的好时候。

如今的母亲雪满头，
一脸沧桑病常有。
人生已然近深秋，
但伴我们成长的话语挂在口。

“勤劳是好日子的金钥匙，
善良是一辈子的平安扣”。
“把人生当旅行遇到的永远是风景，
把人生当战场遇到的永远是争斗”。

掌声和鲜花包围的时候，
母亲竟然还不好意思有点羞。
妈妈，这个世界都是你的，
你在儿孙眼里最富有！

我的岳母

2017. 9

每一位母亲都是伟大的，尤其我的岳母
这么多年，她从来不麻烦孩子
不然，她会觉得像欠了债一样的内疚和痛苦
虽已力不从心，却依旧不屈不服
当她跟外人一样跟自己的孩子说着“谢谢”
我们才觉得真正地亏欠了她，此时的心五味杂煮
正像爱人所说，儿时的距离到老了也能看得出

每一位母亲都是平凡的，包括我的岳母
她一路走过来的日子里是风景还是风雨，不必问清楚
她只用委曲求全的方式，寻找着她的梦
确切地说，她是守望着心中那片净土
她明白珍藏才是她唯一能够做到的
五月的清晨，窗台上那束绽放的康乃馨
正在悄悄地滑落着，晶莹剔透的露珠……

每一位母亲都是无私的，特别是我的岳母

她生生把培养我们的孩子变成了自己的任务
不仅仅是走路说话时的万爱千恩百嘱
更包含着把忠厚善良植根于幼小心灵的无数次祝福
远方的孩子回家了，她依然像过去一样走到哪跟到哪
当我和爱人出现的时候，她便会得体地退出
我们离开了，她又回来了，一次又一次这样的重复

每一位母亲都是善良的，格外是我的岳母
日子一片一片地挂在树梢上，由风做着主
她可不是，想说的话谁也拦不住
八十多岁的她，善良的心就像一棵开花的树
她能把偌大的人生分解
甜的送给别人，苦的留给自己
我幸福，我遇到了这样的岳母

可是，你没有

——写给妻子

2016. 7. 21

也许，你忘记了，
我们第一次见面的时候，
一身土气的我，
让充满想象的你凝视了那么久。
我原以为，
这样的开始便是结束，
可是，
你没有！
你说，
有内涵的男人才一流。

也许，你忘记了，
我们第一次回老家的时候，
一个农村贫穷的家，
让你本来阳光的脸上平添了一丝愁。
我原以为，

此时的选择就是分手。
可是，
你没有！
你说，
年轻的路啊要靠自己走。

也许，你忘记了，
当我想把乡下的母亲接进城的时候，
也曾担心一大家子会跟来，
今后的麻烦没有尽头。
我原以为，
你怎么也不会接受。
可是，你没有！
你说，
老人高兴就是最好的理由。

也许，你忘记了
儿子选择高考志愿的时候，
本来京城的大学任意选，
可是固执的孩子偏偏不想留。
我原以为，
从没离开过半步的他你肯定不放手。
可是，
你没有！
你说，
雄鹰的世界需要的就是这种追求。

也许，你忘记了
在我们共同走过的人生路上，
有过多少跌跌撞撞，
又有过多少泪水伴歌流！
我原以为，
光环掩盖下的苦涩会把你压垮，
可是，
你没有！
你说，
路的方向脚知道，爱的方向心坚守。

苦日子结束了，
我们从春走到夏，从夏走到秋，
好日子开始了，
儿子不在身边，明天我还要走。
我原以为，
突然的选择会受到你的阻拦。
可是，
你没有！
你说，
花浓柳艳高抬眼，路险桥危猛转头。

我曾经笑着问过你，
女人的幸福是什么？
你说那是一种感受！

不是小媳妇时脸蛋儿笑得多好看，
而是在老太婆后脸上笑得多自由。
从那刻起，字字珠玑就刻在了我的心头。
智慧的妻子啊，我生命的伴侣，
我那么多的原以为，可是你没有，
善良的妻子，我一生的依靠啊。
女人的幸福，你肯定都会有！

我多想拉着你的手，
去看美丽的朝阳，
在晨风里走；
我又多想拉着你的手，
去看多彩的夕阳，
在晚霞中走；
我多想，一辈子就这样拉着你的手，
你看着我，我看着你，幸福地向前走……
这，就是我最真实的追求，
这，也是我们最幸福的理由！

我的人生独白

2001. 10

我曾经埋怨着，
脚下的布鞋，
怎么才能走出，
人生的尊严！

我曾经思算着，
身上的粗衣，
怎么才能显示出，
身份的不凡？

我曾经祈盼着，
平常的五官，
怎么才能透露出，
高贵的光环？

一个又一个疑问，
一道又一道路坎，
是母亲告诉我：

坚持——就会改变，
奋斗——就是答案。

谁不想拥有一个灿烂的明天，
生命有限，精彩无限，
只是，
这多彩的理想怎样才能如愿？

谁不想做一只苍劲的雄鹰，
振翅高飞，拥抱蓝天，
只是，
这稚嫩的翅膀怎样才能冲破那万水千山？

谁不想走向那梦中的远方，
甩掉平庸，走出平凡，
只是，
这前行的路是泥泞还是平坦？

一个又一个梦想，
一张又一张考卷。
是老师告诉我：
知识——让命运改变，
勤奋——与成功相伴。

我学着承受痛苦，
学着把眼泪像珍珠一样积攒，

要流也要，
等到成功的那一天。

我学着对待误解，
学着像品尝琼浆一样品尝辛酸，
早上醒来，
又是一个充满阳光的笑脸。

我学着面对流言，
学着像大山一样坚定伟岸，
宠辱不惊，
笑对这人世间的沧桑事变。

一个又一个波澜，
一次又一次锻炼，
是经历告诉我：
复杂的人——不一定深刻，
简单的人——不一定肤浅。

我是一只远行的航船，
追逐那辉煌的日月，
即使一时到不了金色的彼岸，
也要让航路浪花飞溅。

我是一条命运的弧线，
追逐那人生的高点，

即使没有永恒的概念，
也始终坚信宁可玉碎不可瓦全。

我是一头犁田的耕牛，
追逐那黎民的笑脸，
即使负重一生，
也从不左顾右盼。

一个又一个追求，
一次又一次锤炼，
是信仰告诉我：
旗帜——就是方向，
人生——就是奉献。

我不去想是否能够成功，
既然目标是那么遥远，
只要不曾盲目，
就只顾勇往直前。

我不去想生活是否美满，
既然人生是那么短暂，
只要值得付出，
何必要细细地盘算。

我不去想未来是否平坦，
既然世界是那么斑斓，

只要热爱生命，
就要永远保持青春的浪漫。

一个又一个选择，
一次又一次实践，
是心灵告诉我：
信念——是远方的呼喊，
行动——是当下的召唤！

你，可曾知道

——写给儿子

2016. 8

在我和这个世界之间，
你就是我最骄傲的宣言。
你能记住的事情，
都是我给你留下的书签。
你能让别人记住的事情，
那才是我写下的最美诗篇。

在我和你祖辈之间，
你就是我们前行的风帆。
也许你不曾记得，
你从出生到今天，
从上学到上班，
你的喜怒哀乐精彩瞬间，
时时都牵动着我们这艘三代人的航船。

在我和你妈妈之间，
你就是开满鲜花的乐园。

既有眼里预知的希望，
也有心里暗暗的期盼，
我们不能给你最好但一定给你全部，
还会引导你对未来有更主动的选择权。

在我和你之间，
你就是我最现实的明天。
天天向上，是根对叶不停的呼唤，
永不抱怨，是我赠你的第一箴言。
让我们默默创造着，
做父亲的模式，
当儿子的样板。

如果在众人六神无主时，
你能镇定若闲；
如果在别人对你猜忌怀疑时，
你能自信如禅；
如果他们的意志左右不了你，
那么，你就是一个真正的男子汉！

把人生当旅行的人，
遇到的除了风景还是风光一片。
把人生当战场的人，
遇到的除了拼杀就是争战。
人生没有预演，
自己选择的路跪着也要走完！

苦　难

2001.6

悲过了，
才知道喜的可贵，
哭过了，
才懂得笑的芬芳。
苦难是把双刃剑，
带给我们伤痛的同时，
也会让我们瞬间成长。
人生最清晰的脚印，
往往印在最泥泞的路上。

全靠自己

2001.9

人生给我风雨
我还你坚强生生不息
生活给我压力
我还你坚持创造奇迹
世人给我眼光
我还你优秀赞叹不已
社会给我偏见
我还你一片新天新地
活着就该逢山开路遇水搭桥
谁也不靠全靠自己

星　星

2003. 3

为了不与太阳争光辉
你选择了自己的作息
为了不和月亮比美丽
你竟然选择了远离
在黑暗中安乐地隐居
不是为了躲避
而是为指引着迷失方向的人
再续追梦的勇气
在静寂中孤独的远离
不是为了逃逸
情愿做个守夜者
护着那些晚归的情侣
不是不比太阳更亮
无争的胸怀更是优雅的魅力
不是不比月亮更美
谦逊的忍让更是不俗的诗意
火热的心
燃烧着责任

灵透的魂

闪烁着进取

在梦里

在心里

在曾经的童话里

在未来的憧憬里

星星

才是理想的伴侣

望　月

2007. 9

圆圆的月儿，
从来也不怕风凉，
高高地挂在天上，
只是默默地把思念拉长。

我在想，
那个从来忙碌不停的你，
是否也在，
凝视着此时的月光。

雨　中

2008. 7

喜欢下雨
喜欢下雨的时候没有风
喜欢呆呆地站在这样的雨中
喜欢泪水和雨水在嘴里的交融
喜欢雨的动听和泪的无声
因为这个时候
我的眼里
除了你渐行渐远的行踪
就是你越来越近的面容

爱情的背影

2009. 10

一条小河，从我心田里流经
我却从镜子里看到一个模糊的背影
像云、像雾、又像风……

记忆正在缓缓地流动
背影也在慢慢地看清
像春、像夏、更像冬……

爱，让人捉摸不定
心，又让爱全部掏空
我拿什么面对一双多情的眼睛……

用自己的行动书写人生

2010. 5

有的人，
望着别人奔跑的背影，
自己却在原地徘徊不定；
等到奔跑的人已经成功，
自己反埋怨命运的不公。
生活中美丽的风景，
都是用行动作为支撑。
没有经历风雨，
怎能见到彩虹？
只有登上峰顶，
才会摸到星星。
用嘴，永远说不来幸福，
用脑，也难以想来成功。
要知道，
地里不能长钞票，
天上不会掉馅饼。
如果你想拥有幸福，
如果你想获得成功，

只有一条路可以走通。

那就是，从梦幻中觉醒，

忘记所有伤痛，

重新整理心情。

再烦也别忘记微笑，

再忙也别忽略亲朋，

再苦也别放弃坚持，

再难也别告别奋争，

用自己的行动书写有尊严的人生！

写给初入职场的人

2014. 9

从今天开始不能主宰别人，
但一定要管好自己，
优秀被逼出来之后，
成功才属于你。

从今天开始没把握的事别承诺，
有把握的事要谦虚，
人生最大的破产不是钱财的丢失，
而是做人诚信的失去。

从今天开始要明白一个骗局，
白头偕老其实和爱情无关，
只不过是忍耐的毅力，
真正爱你的人愿意一生忍耐你。

从今天开始要善待自己，
别跑到别人生命里去当插曲，
累了睡觉，醒了微笑，

你不懂我，我不怪你。

从今天开始要知道一个道理，
原谅一个人是容易的，
但再次信任，
却没那么容易。

从今天开始不要轻言放弃，
今天的痛苦挣扎，
都是为了明天力量的积蓄，
往往反转就发生在最后的努力！

如　果

2014. 10

如果你选择了真诚，
就要践行信义；
如果你选择了善良，
就要学会给予；
如果你选择了美好，
就要懂得放弃；
如果你选择了坚强，
就要笑对风雨；
如果你选择了希望，
就要继续努力；
如果你选择了好的心态，
任何时候都有一个理由微笑下去！

我的伤口长出的全是翅膀

2016. 7. 3

谁不是
一边受伤，一边昂扬
谁不是
一面流泪，一面坚强
谁不是
左手年华，右手沧桑
谁不是
笑着懂得，哭着成长
人生就是这样
百般的滋味都要自己尝
难言的苦痛也要自己扛
落下的风雨更要自己挡
自己就是自己的太阳
关键时候无须他人照亮
这个世界也曾让我遍体鳞伤
但伤口长出的全是翅膀
我把他一并装进行囊
依心而生追逐太阳

没人鼓掌，也要飞翔

没人欣赏，也要芬芳

人生就是这样

流过泪的眼睛更明亮

受过伤的心灵更坚强

但一个人至少要有一个梦想

因为他可以使你有理由保持向上

登上山顶的人才能看到那面的风光

中年以后

2016.8

我不敢失业，
再难的工作，
我得咬牙，
没钱，拿什么养家！
我不敢休息，
再大的病痛，
我得吞下，
擦擦汗，什么也不怕！
因为我是中年人，
肩上有不可推卸的责任，
心里装着一家老小的神话。

我不能贪睡，
再多的苦累，
我得扛着，
一身的疲倦只有自己打发；
我不能喝醉，
再苦的心事，

我得藏着，
满腹的焦虑全都自己消化；
因为我是中年人！
不能像老人一样琴棋书画，
也不能像孩子一样摸爬滚打。

中年，
就是尝不完的酸甜苦辣！
经历了物是人非，
看清了人心真假；
经历了起起落落，
看淡了过眼云霞；
经历了得失取舍，
看开了咫尺天涯；
经历了风风雨雨，
看懂了世间百态图画……

人在年轻的时候，
觉得到处都是人，
别人的事就是自己的事，
善良得有点傻。
到了中年以后才觉得，
世界上除了家人，
认真地想一想已了无牵挂。
过去的日子只想拿得起，
今后的岁月要知道放得下。

不要再急匆匆赶路了，
要把每个日子都踱成童话。
顺着憧憬的方向，
找到让心栖息的家。

落　花

2017. 5

假如你到公园来踏青
这树底下一定要浅脚慢行
我已在枝头心灰意冷
刚躺下把身子放平
千万别踩到我
很疼

心的猎物

2017. 6

轻轻的音乐
越来越细
奔跑的思绪
越拉越长
慢慢地
结成了一张庞大的网
飘忽不定
又时合时张
漆黑的夜
也不知谁会撞上来
成为这颗孤独的心
捕捉的对象

趁着我们还不够老

2017. 5. 4

趁着我们还不够老，
快去追逐生活中的欢笑，
在未来的岁月里，
不能错过人生的美好。

趁着我们还不够老，
快去把心爱的人紧紧拥抱，
淋湿的青春里，
绽放的是一起慢慢变老。

趁着我们还不够老，
快去照顾好身边的老小，
大大小小的梦想，
只能在行动中寻找。

趁着我们还不够老，
快去吟唱憧憬中的歌谣，
再好听的天籁之音，

都是源自路边的小调。

趁着我们还不够老，
快去实现心中的目标，
一步一个脚印，
胜过一次又一次祈祷。

我收获了满满的快乐

2017.6

山有山的巍峨
水有水的气魄
天有天的高远
地有地的辽阔
我在一切美好里
选择了简单的生活
用一颗感恩的心感知世界
我看到的阳光总是比别人要多

花有花的婀娜
鸟有鸟的情歌
虫有虫的坚强
草有草的颜色
我在所有的日子里
选择了一份执着
用一颗善良的心感知美好
我收获了满满的快乐

只有拼出来的美丽

2017. 8

世上有一条路
听说，很长很长
走了很久
依然嗅不到花香

心间有一条路
听说很忙很忙
忙了很久
依然看不到远方

如果不够悲伤
你就无法飞翔
如果没有梦想
你怎么能看到前面的风光

人生就是这样
一辈子，一条路
只有拼出来的美丽
没有等出来的辉煌

心上长满白棉花

2017. 8

白棉花长在天上，
天上有了片片祥云；
白棉花长在山上，
山上仿佛仙女成群；
白棉花长在树上，
树上开满诱人的花神；
白棉花长在屋顶，
屋顶的炊烟也会美奂美轮；
白棉花长在心上，
心上就会万里无尘！

后记

常把日子过成诗

人生，就是一场修行，每一场和时光的相遇，都写满万千流转的热烈或悲壮。就像这些年，一个人夜半时坚持不懈地阅读和写作，在喧嚣的世间让心沉静下来，最清宁地品味着时间、天地和万物，要多辽阔有多辽阔，要多寂寥有多寂寥，要多曼妙有多曼妙，这是最美的气象和伏笔，在等待着时间、灵气和一蹴而就的触发，此时的文字恰如一场烟花盛宴，存在过，灿烂过，也真切地感动过。

经历过万水千山，减去人生的繁琐与浮华，只留下这最轻最轻的一层温暖自己，那是生命的一种必需与支撑。简单而平常，却又从容且无畏。回归初心，看山似山，看水似水。安静一隅，与细碎温暖的时光为伴，那些身外之物，有即有，无即无，本就可有可无。相比拥有而言，清空更需要勇气和力量。

我对诗词的痴迷，让我的生活平添了许多诗意。不论现实中生活或顺或逆，朋友或众或寡，时间或忙或闲，但我总能够笑对人生，能够积极向上，能够坚守本真。在诸多物欲的诱惑中保持一种纯净、一份淡然、一丝洒脱。有诗为伴，我不慕高官，不求厚禄，不图富贵，力求傻乎乎地活出真我。

这本集子，每一页都是我的一块自留地，一行行的诗句，都是我精心种下的文字，我无法预知这些文字能否打动读者，也无法洞晓这些文字是否有魂有魄，若能有一部分文字可在读者中发芽、蔓延，让读者感到一点诗意，一点收获、一点启示，我就欣慰了。我也深知，收录的作品还有诸多不尽如人意之处，相信读者自能辨别。这本集子是我创作的又一个驿站，停住之后的长途行走，该是方向更明确，步履更轻盈了。

三毛说："祈求能够珍惜，在一段同行路上彼此温暖过的朋友。"所有相遇的千回百转，都是一种风景。遇见就好，不求热烈，不须执着，更不必把太多人请进生命里。

中国纺织出版社的郑伟良社长和编辑们在疫情复杂的环境下，对本书顺利出版付出了辛勤的劳动，倾注了大量的心血。还有一直陪伴我的小侄严双伟，不辞辛苦地打印校对书稿，在这里我由衷地向你们道一声：谢谢了！

背起我的行囊，奔向下一个远方。那里是花的世界，诗的海洋，我在花海里畅游，在诗词中芬芳。不管怎样，我都会绽放出自己的魅力，闪耀着自己的光芒，活成自己喜欢的模样。

作者 2020 年 7 月 5 日于家中